KiWi

Paperback

KiWi
876

Über das Buch:
Franz ist fast dreißig und arbeitet als Barkeeper im »Cindy liebt mich nicht«. Manchmal ahnt er, dass er das schon zu lange macht. Manchmal schläft er mit Mädchen, die ihm nichts bedeuten. An einem Abend lernt er Maria kennen. Mal taucht sie auf, mal bleibt sie wieder über Tage verschwunden. Franz verliebt sich widerstrebend in sie. Wenn man sich verliebt, geraten die Dinge in Bewegung. Jemand ist plötzlich da und ändert das ganze Leben. Und das ist das Letzte, was Franz will.
David ist fast dreißig und Referendar bei der Staatsanwaltschaft. Er hat sich langsam an die Anzüge gewöhnt, die ihm nie richtig passen, an den Geruch der Akten, den durchgeplanten Tagesablauf. An einem Abend lernt er eine Frau kennen, die Maria heißt. Er verliebt sich, beide werden ein Paar, zumindest glaubt er das. Bis Maria eines Tages spurlos verschwindet, ein Typ namens Franz auftaucht und sich als ihr Freund vorstellt. Beide machen sich in einem alten braunen Opel auf die Suche nach Maria – und entdecken nach und nach, in wen sie sich verliebt haben.
Mit feinem Witz und einem Gespür für das Groteske der Situation erzählen David und Franz abwechselnd. Zwei, die immer wollten, dass alles besser so bleibt, wie es ist, müssen erkennen, dass Maria alles verändert.

Die Autoren:
Jochen-Martin Gutsch, geboren 1971 in Berlin. Nach seinem Jura-Studium ging er zur Journalistenschule nach München. Er ist Reporter und Kolumnist für die Berliner Zeitung. 2004 erhielt er den Theodor-Wolff-Preis.
Juan Moreno, geboren 1972 in Huércal-Overa in Spanien. Er arbeitete fürs Fernsehen und absolvierte die Journalistenschule in München. Seine Kolumne »Von mir aus« erscheint wöchentlich in der Wochenendbeilage der Süddeutschen Zeitung. »Cindy liebt mich nicht« ist ihr erster Roman.

Jochen-Martin Gutsch
Juan Moreno

Cindy liebt mich nicht

Roman

Kiepenheuer & Witsch

3. Auflage 2010

Umschlaggestaltung: Barbara Thoben, Köln
Umschlagfoto: © Mirco Taliercio
Gesetzt aus der Minion Regular
Satz Pinkuin Satz und Datentechnik, Berlin
Druck und Bindearbeiten: CPI – Clausen & Bosse, Leck
ISBN 978-3-462-03485-1

Für meinen Vater und meine Mutter

A mi padre y a mi madre

»Es gibt keine Antworten, nur Alternativen.«

Missionsleiter Gibarian in
Steven Soderberghs Film
»Solaris«

TEIL 1

1

Ich war vier Jahre im »Cindy liebt mich nicht«, als Rainer mir seine Geschichte erzählte.

»Du hast nie gefragt, wer Cindy war?«, sagte Rainer.

»Ich habe dich gefragt, was ich erzählen soll, wenn jemand wissen möchte, woher die Bar ihren Namen hat.«

Rainer hatte damals geantwortet, dass ich mir etwas ausdenken solle, eine Legende, irgendeinen Quatsch, der den Leuten gefällt. Sie würden mehr trinken, wenn man ihnen Geschichten erzählt. In den ersten Wochen habe ich manchmal darüber nachgedacht. Vermutlich ein Mädchen, in das er mal verliebt gewesen war. Ein Mann, der eine Frau liebt, und eine Frau, die nicht weiß, was das soll, die älteste Geschichte der Welt, aber mir gefiel der Gedanke, dass Rainer seinen Liebeskummer zu dem gemacht hatte, was ihn heute ernährt.

»Es ist jetzt zehn Jahre her, zehn Jahre, auf den Tag genau, verstehste?«

Gar nichts verstand ich.

Ich öffnete ihm eine Wasserflasche, er rückte seinen Hocker zurecht. Er schaute beim Sprechen nicht in meine Richtung. Von draußen musste es aussehen, als erzählte er sich selbst die Geschichte. Ich war nur zufällig dabei.

Cindy war eines dieser Mädchen, die jede Schulklasse hat, auf die man sich irgendwann einigt. Es gibt Filme, die man gut findet, einen Lehrer, den man hasst, einen Dicken, den man in der Pause verprügelt, und eine, von der alle Jungs sagen, dass sie garantiert »eine supergeile Mumu« habe, was bei 13-Jährigen wahrscheinlich das größte Kompliment ist, das man als

Frau bekommen kann. Cindy hatte lange, dunkle Haare, die ein rotes Band zusammenhielt, sie redete so gut wie nie, aber sie konnte einen anschauen, als sei man ihr Held. Wenn man ihr einen kleinen Zettel zusteckte, auf dem stand, liebst du mich, schrieb sie, ja, ich liebe dich, auch wenn sie nicht wusste, wem sie den Zettel zurückgeben musste. Sie liebte jeden, der nett fragte. Rainer kam mit ihr zusammen, als sie vierzehn waren. Cindy küsste in den Pausen andere Jungs, hatte immer mehrere Freunde zur gleichen Zeit, Rainer aber war der glücklichste Junge der Stadt. Für ihn hätte das immer so weitergehen können, leider ging es aber nur bis zum Studium so.

Bekannte, die es gut meinten, sagten Rainer, dass Cindy ihn jede Woche mit einem anderen betrüge, und er sagte, dass es ihm egal sei. Sie sei die Frau, die an seine Seite gehöre, und wenn das nur gehe, indem er sie teile, dann sei das nicht zu ändern. Sie seien nur enttäuscht, weil er mit Cindy etwas habe, was ihnen fehle, die Gewissheit, die richtige Frau gefunden zu haben. Später hieß es, dass Rainer in Wahrheit nicht Cindy liebte, sondern nur das Bild, das er von ihr habe, eine Projektion, die nichts mit der Realität zu tun habe. Rainer widersprach nicht, fragte aber, was das für einen Unterschied mache.

Irgendwann ging Cindy ein Semester ins Ausland, in den Süden, und als sie wiederkam, war ihre Haut dunkler, ihre Haare waren strähniger und der Zauber weg. Manchmal ist das so. Es ist wie bei einem Rockstar, der alles wie immer macht und auf einmal die Leute langweilt. Cindy war der erste Rockstar für die Jungs in Rainers Klasse, später auch für die an der Uni, und wie es immer ist, suchten sie sich nach einiger Zeit einen anderen. Nur Rainer blieb. Er sei einer dieser Fans, die immer weiter auf die Konzerte gehen, die auch die neuen Platten kaufen und dann nach Gründen suchen, warum die gar nicht so schlecht seien, wie alle sagen. Er sei bei Cindy geblieben, vielleicht weil er loyal ist, weil er sie mal geliebt hat, weil manche Fans einfach nur ein besseres Gedächtnis hätten als andere und sie die schönen Momente nicht vergessen können. Cindy sei für ihn eine Maschine gewesen, die schöne Momente baute, anders könne er es nicht sagen.

Rainer machte eine Pause. Er rutschte langsam vom Hocker, öffnete eine zweite kleine Flasche Wasser und fing so unerwartet wieder an zu reden, wie er aufgehört hatte.

Einige Monate nach ihrer Rückkehr aus dem Ausland kam Rainer an einem Wochenende in ihre Wohnung und fand einen Zettel, auf dem stand: »Habe mir ein Flugticket gekauft. Es heißt Around-The-World. Man kann nur in eine Richtung damit fliegen, nach Westen, immer nur nach Westen, einmal um die Welt. Werde schreiben. C.«

Rainer fuhr heim, warf seinen Fernseher, seine Anlage und die Kamera seines Vaters ins Auto, brachte alles ins Pfandleihhaus und versetzte es. Sein Konto überzog er bis ans Limit, und einen Freund beauftragte er damit, den Rest seiner Sachen zu verkaufen und das Geld nachzuschicken. Fünf Stunden nachdem er den Brief gelesen hatte, saß er in einem Flugzeug nach Paris, weil sie mal erwähnt hatte, dass sie Frankreich mochte. Er fuhr die Jugendhotels ab, die Zeltplätze und fragte nach Cindy, fand sie aber nicht. Am Flugschalter bestach er einen Angestellten, der ihm sagte, dass Cindy laut Ticket in New York, Los Angeles und Tokio landen werde, jedenfalls wenn sie nicht umbuchte. Rainer verbrachte vier Wochen in der Ankunftshalle des John-F.-Kennedy-Flughafens und drei auf dem Flughafen von Tokio. Er nahm sich die Reiserouten der Fluggesellschaften vor und spekulierte auf eine Strecke. Dann wartete er und passte die Zeiten der Maschinen aus Übersee ab. Jedes Mal, wenn die Menschen das Gepäck abgeholt hatten und mit suchendem Blick durch die Schiebetüren in die

Haupthalle kamen, hoffte er, Cindy zu sehen. Den suchenden Blick der Leute werde er nie vergessen, er sei überall gleich auf der Welt, ein bisschen ängstlich und unsicher, ungeschützt. Paris, New York, Tokio, überall gleich.

Nach einem halben Jahr hatte Rainer kein Geld mehr. In Wahrheit hatte er noch etwas, aber der Freund in Berlin weigerte sich, es ihm zu schicken. Rainer flog zurück. Seine Wohnung hatte der Vermieter räumen lassen. Im Keller fand er eine kleine Pappkiste neben seinem Fahrrad. Cindy hatte nicht gelogen, sie hatte geschrieben. Er ordnete die vielen Postkarten nach dem Datum. Jeden Tag hatte Cindy geschrieben, über Monate, so lange, bis der Postbote nicht mehr wusste, in welchen Briefkasten er sie stecken sollte, weil das Namensschild entfernt worden war. Vermutlich schrieb sie noch immer.

Auf den Karten stand immer das Gleiche:

»Cindy liebt dich nicht.«

HEUTE

2

Gestern habe ich mich gefragt, warum Maria es sich so schwer gemacht hat. Sie hätte nicht ohne ein Wort verschwinden müssen, sie hätte sich trennen können, so wie man das eben macht, einfach ein wenig lügen, sagen, dass es nichts mit mir zu tun habe, dass es keinen anderen gebe. Ich solle nicht nach der Schuld suchen, weil es so etwas wie Schuld zwischen zwei Menschen, die aufrichtig zueinander waren, nicht gibt. Sie schäme sich für ihr Verhalten, aber sie könne nicht anders. Dann wäre sie aufgestanden und hätte mich auf die Stirn statt auf den Mund geküsst, so wie man es tut, wenn man sicher sein will, den anderen zu erniedrigen. Sie wünsche mir Glück, hätte sie sagen können, und dass man irgendwann mal wieder telefonieren könne, später, wenn uns wieder nach Lachen zu Mute wäre, später irgendwann, nicht jetzt. Ein kleines Ritual, das beide Seiten kennen, in dem die Kunst darin besteht, sich als Opfer darzustellen, auch wenn man gerade den anderen schlachtet. Ein Schnitt, mit dem ich leben könnte, weil mir nichts anderes übrig bleibt und Maria froh ist, es hinter sich zu haben. Das ist nicht schwer, ich habe es schon oft gemacht. Ich hätte ihr erklären können, wie das geht.

Es ist das Gefühl, dass ich Maria nicht damit durchkommen lassen will, das mich antreibt. Ich möchte sehen, wie sie sich windet, wie sie versucht, mir etwas zu erklären, was man nicht erklären muss. Eine Frau, zwei Männer, ein Knochen, zwei Hunde, da gibt es nichts zu erklären, aber ich möchte es sehen. Sie soll sich an meine Verachtung erinnern, ich mich an ihre Feigheit, ich finde, das steht mir zu.

Mir bleibt nichts anderes übrig, als zu diesem David zu gehen. Ich kenne Maria seit zwei Monaten und weiß nichts von ihr, nicht wo sie zur Schule gegangen ist, nicht wo ihre Eltern wohnen, ob sie Freundinnen, Platzangst oder Schulden beim Bäcker hat, ich weiß nichts, und hätte mir nicht ein Gast im »Cindy liebt mich nicht« zufällig erzählt, dass er Maria mit einem Staatsanwalt gesehen habe, der David Schwimmer heißt, wüsste ich nicht mal, dass sie nicht nur mit mir zusammen war.

Der Doppeldeckerbus hält direkt vor dem Gericht, ein großer, wuchtiger Bau, umgeben von Nachkriegsgebäuden, um die sich schon lange niemand mehr kümmert. Ich steige aus dem Bus und gehe hinein. Es ist kühl. Meine Schritte hallen auf dem Steinboden. Vor der Haupttreppe stehen zwei junge Frauen, die mich bitten, meine Taschen auszuleeren und durch eine Metallschleuse zu gehen. Es sei zu meiner eigenen Sicherheit, sagt die eine. Sie ist höchstens zwanzig, und ich muss an die Stewardessen im Flugzeug denken, die bei den Ansagen erklären, dass sie in erster Linie für die Sicherheit an Bord zuständig seien und nicht für den Tomatensaft, und daran, dass ihnen niemand glaubt.

»Können Sie mir sagen, wie ich zur Staatsanwaltschaft komme?«

»Gehen Sie in den dritten Stock, dann den Gang rechts.«

Ich klopfe an der ersten Tür und trete ein.

»Entschuldigen Sie, ich suche die Staatsanwaltschaft?«

Vor mir sitzen drei ältere Damen. Sie blicken hoch und sofort wieder runter, nachdem sie mich gesehen haben. Offenbar sehe ich nicht wichtig aus.

»Wen suchen Sie?«

»Das Büro der Staatsanwaltschaft«, sage ich.

Die drei blicken hoch.

»Welchen Staatsanwalt?«

»David Schwimmer.«

»Am Ende des Ganges, bei Dr. Hagen«, sagt die links von mir.

Die mit dem Fensterplatz und der Lady-Di-Postkarte am Rechner schaut ihre Kolleginnen an und zischt: »Wir geben hier grundsätzlich keine Auskunft, wir sind nicht die Auskunft.« Die zwei anderen senken den Kopf, die Unfreundliche schaut zu mir, so lange, bis ich mich umdrehe und aus dem Raum gehe. Ich gehe den Flur entlang und lese die vergilbten Namensschilder an den Türen. Unter den Schildern kleben kopierte Blätter mit Witzen, die ich nicht verstehe.

Ich trete ohne zu klopfen ins Zimmer ein. Das Büro ist klein und sieht aus wie ein Vorraum. Hinter dem Schreibtisch sitzt ein junger Mann, der in Akten liest, neben ihm liegen ein paar Bücher, rote Papierordner und noch mehr Akten. Er hat mich nicht gehört.

Ich weiß nicht, wen ich erwartet hatte, als Zygalski sagte, dass er Maria mit einem Staatsanwalt gesehen habe. Man stellt sich Menschen, über die man nachdenkt und noch nie gesehen hat, immer falsch vor. Es gibt Erwartungen, und es gibt die Wirklichkeit, dazwischen ist einfach zu viel Platz. Ich habe nie über Staatsanwälte nachgedacht. Im Fernsehen sind sie entweder Beamte, die sich montags auf den Freitag freuen, die feuchte Briefmarkenkissen benutzen, deren Leben präzise so verläuft, wie sie es sich gewünscht haben, und das schon lange bereuen, oder sie sind zähe Hunde, die bei den Verhandlungen dem Polizisten glauben, nicht dem Psychologen, Männer, die Karriere machen wollen, die ihre Ehefrauen betrügen und ihnen silberfarbene Kleinwagen mit niedriger Ladekante kaufen. David Schwimmer hat braune Haare und trägt einen Anzug. Seine Hände greifen die Bücher, die Akten, ohne dass er aufschauen müsste. Er scheint zu wissen, wo die Paragraphen stehen, die er braucht. Auf den ersten Blick sieht er wie einer dieser Schauspieler aus, die der Regisseur ausgesucht hat, weil der Hauptdarsteller nicht unbedingt attraktiv sein soll, sondern ein bisschen entrückt, ungewöhnlich, ein finnischer Hauptdarsteller.

Ein älterer Mann kommt in das Zimmer, er trägt Hosenträger und schaut mich fragend an.

Ich mache zwei Schritte auf David Schwimmer zu. Er hebt den Kopf so, als habe er schon die ganze Zeit gewusst, dass ich im Raum war.

»Wie kann ich Ihnen helfen?«, fragt er.

»Kennst du Maria?«

3

Dr. Hagen lächelt. Keine Zähne, nur schmale Lippen, ein wenig geschürzt. Er kann sein Lächeln anknipsen, er kann es abrufen wie die Moderatoren im Fernsehen, es gibt kein Dazwischen, keinen Übergang, vor allem gibt es jetzt keinen Grund zu lächeln, wenn man davon absieht, dass er mich nervös machen will.

»Sieht so aus, als könnten Sie dem jungen Mann weiterhelfen, Herr Schwimmer. Schön, das freut mich.«

Er schaut mich an und wartet auf eine Erklärung.

Ich hatte Ja gesagt, ich hatte kurz genickt, das heißt, dass ich mehr weiß als Dr. Hagen, und das macht ihn neugierig. Der Typ in der Lederjacke könnte eine Geschichte zu erzählen haben, jemand, der auspacken will, aber es wäre das erste Mal, dass jemand zu uns kommt, zur Staatsanwaltschaft I, Allgemeine Delikte, Buchstaben T bis Z, und etwas auspackt.

Ich schaue an Dr. Hagen vorbei, in sein enges, muffiges Zimmer. Man kriegt diesen Aktengeruch nicht mehr raus. Man kann das Fenster öffnen, aber es nützt nicht viel. Der Geruch klebt in den Sachen, in den Haaren, auf der Haut, man geht nach Hause und fühlt sich staubig. Frau Geißler legt manchmal Zitronen aus. Sie platziert sie in die Regale, auf den Schreibtischen, danach sehen die Zimmer aus, als habe dort jemand eine Fruchtfalle aufgebaut für irgendein Tier.

»Na ja. Kommen Sie doch nachher noch mal bei mir vorbei. Ich habe da eine hübsche Unterschlagungssache für Sie.«

Wir stehen zu dritt in meinem Zimmer, dem Vorzimmer von Dr. Hagen. Einen kurzen Moment lang sagt niemand etwas. Durch das offene Fenster rauscht die Straße. Ein Bauch knurrt. Es könnte meiner sein, es ist nach zwölf.

Eine hübsche Unterschlagungssache bedeutet, dass die Akte dick ist. Lange Berichte einer Dienststelle. Vernehmungsniederschriften, Zeugenaussagen, aufgenommen von einem Polizisten an einer Schreibmaschine. Das Papier holzig und dünn, wie Löschpapier. Buchstaben, die aus den Zeilen springen. Die Anwaltsschreiben glatt und weiß, manchmal mit imposanten Briefköpfen, Kanzleivertretungen in San Francisco, Hongkong, Moskau. Der leicht empörte Ton, in dem der Anwalt erklärt, dass alles nichts sei. Nichts Strafbares. Solch eine Akte bedeutet Mühe, Aufwand, und am Ende kommt nicht viel raus, ein paar Tagessätze vielleicht. Ich würde sie auch dem Referendar geben.

»Kennen Sie sich?«, fragt Dr. Hagen.

Sein Blick pendelt zwischen mir und dem Typ in der Lederjacke.

»Nein«, sagt er.

»Nein«, sage ich.

»Na dann«, sagt Dr. Hagen.

Nickt kurz und verschwindet in seinem Zimmer. Die Tür zieht er behutsam zu, als wäre sie aus Glas und könnte klirren.

Er ist nicht älter als ich, nicht viel. Turnschuhe, Jeans, schwarze, etwas speckige Lederjacke, geschnitten wie ein Jackett. Braune Haare, nach Plan verstrubbelt, ein Friseur hat sich darum gekümmert. Groß. Dünn.

»Franz«, sagt er.

Ich drücke seine Hand, kräftig, als würde das etwas beweisen.

»Gibt es hier eine gemütlichere Ecke, wo man sich ein bisschen unterhalten kann? Ein Café oder so was?«

Er hat eine schöne, schnurrende Stimme. Eine Fernsehansagerstimme.

»Die Kantine.«

»Schön.«

Sein Gesicht sagt das Gegenteil, und ich denke an den Kantinenkaffee, bitteres, schwarzes Zeug, das nach Schweiß riecht, wenn es kalt wird.

»Der Kaffee ist nicht schlecht.«

»Gut, dann in die Kantine.«

Ich nehme den Schweinebraten, Schweinebraten können sie hier, nur der Blumenkohl ist zerkocht und wässrig. Das Schlimmste sind die Spezialitätenwochen. Spanische Woche, italienische, asiatische. Eine Girlande mit bunten Länder-Fähnchen hängt über der Kasse, der Espresso-Automat wird repariert, die Kantinenfrauen fragen: Paella oder Roulade?, und sind enttäuscht, wenn man auf die Roulade zeigt.

Er isst nichts. Vor ihm steht eine Tasse Kaffee und eine kleine Flasche Wasser.

Wir waren nebeneinander schweigend den Gang langgelaufen, die breite Treppe hinunter, manchmal schaute ich zu ihm rüber, versuchte, in seinem Gesicht einen Anlass zu erkennen, eine Erklärung, aber alles blieb glatt. Er schien mich nicht weiter zu beachten. Vielleicht war er enttäuscht, dass ich nicht Dr. Hagen war. Vielleicht versprach er sich nicht viel von mir, und hätte er nicht ihren Namen gesagt, könnte er meinetwegen auch verschwinden. Ich brauche niemanden, der mir beim Essen zusieht.

»Du bist hier also Staatsanwalt?«

»Ich bin Referendar.«

»Ein Staatsanwalt in Ausbildung?«

»Wenn man so will. Juristischer Vorbereitungsdienst wäre die korrekte Bezeichnung. Dauert zwei Jahre, dann macht man sein zweites Staatsexamen und ist Volljurist.«

»Volljurist. Klingt nach Alkohol.«

Es ist der Witz, den alle machen. Er lacht nicht darüber, immerhin.

»Macht das Spaß?«
»Was?«
»Staatsanwalt.«

Er will nett sein. Wir laufen uns ein bisschen warm, er klopft mich ab. Wahrscheinlich hat er sich das vorher überlegt, ein paar belanglose, höfliche Fragen zum Leben, zur Arbeit. Dann umschwenken.

»Manchmal macht es Spaß, manchmal nicht. Wie in jedem Beruf, würde ich sagen. Was machst du? Irgendeinen Job?«

»Ich arbeite in einer Bar.«

Wahrscheinlich ist er noch immer Student. Er hatte angefangen, in einer Bar zu arbeiten, ein guter Job. Anfangs war die Uni noch wichtig, er verschob nur ein paar Seminare, irgendwann wusste er nicht mehr, was er eigentlich dort soll, er hätte längst fertig sein müssen, er kannte die Gesichter nicht mehr, aber es gab keinen Grund, fertig zu werden. Er hatte eine angenehme Arbeit und einen Studentenausweis.

»Und, macht es Spaß?«

»Manchmal, manchmal nicht. Wie in jedem Job. Aber ich kann spät aufstehen und muss nicht in einer Kantine essen.«

Am Kaffee hatte er zwei-, dreimal genippt. Er steht jetzt in der Mitte des Tisches wie ein Vorwurf, und komischerweise ärgert mich das. Er hatte nicht das Gesicht verzogen, er hatte den Kaffee nur lässig weggeschoben, ein paar Zentimeter, aber es sagte alles. Es war die Geste eines Berliners, der in einer Brandenburger Ausflugsgaststätte einen Cappuccino bestellt und zu spät bemerkt, dass er einen Filterkaffee mit Schlagsahne bekommt. Es war ein Urteil. Das Gericht ist Provinz, ich bin Provinz. Er ist der Barmann, wahrscheinlich irgendwo in Mitte, in einem Laden, dessen Namen keinen Sinn ergibt, aber gut klingt. Er hat schnelle, gepflegte Hände. In meinem Büro liegen Zitronen in den Regalen.

»Wie lange machst du das schon?«

»In der Bar? Lange. Einige Jahre.«

»Und danach?«

»Gehe ich schlafen.«

»Ich meine, was du danach machen willst? Wird man Oberbarkeeper oder Oberkellner oder hast du was ganz anderes vor?«

»Du meinst, einen richtigen Beruf erlernen?«

Er grinst.

»Ja, irgend so was.«

»Keine Ahnung. Was ist ein richtiger Beruf? Staatsanwalt?«

»Zum Beispiel. Oder Krankenschwester.«

Ich will wissen, was los ist. Warum er plötzlich hier auftaucht, jemand, der mich nicht kennt und den ich nicht kenne.

Er schaut mich nicht an. Seine Finger spielen mit der Flasche, sie reißen an dem Etikett, formen das Papier zu kleinen Kugeln, schießen es über den Rand des Tisches. Er wollte stilles Wasser. Wir haben nur Sprudel, sagte die Kantinenfrau.

»Ja, Krankenschwester ist ein Beruf. Er passt zu Maria, oder?«

»Wie lange kennst du sie schon?«

»Zwei Monate. Und du?«

Ich lege den Kopf zur Seite und zähle. Die Wochen, die Monate, unsere gemeinsame Zeit.

»Ein halbes Jahr.«

Er schaut mich an. Kneift die Augen zusammen, dunkle Ringe darunter, die ganze Augenpartie ist seltsam schattig, als hätte er eine Ewigkeit nicht geschlafen. Entweder weiß er, dass ich lüge, oder es hat ihn getroffen. Ein halbes Jahr. Vier Monate länger. Dreimal so viel. Er kann es drehen, wie er will. Ich rutsche auf dem Stuhl zurück.

»Und, seht ihr euch noch in letzter Zeit?«, fragt er.

»Nein.«

»Und du weißt auch nicht, wo sie ist?«

»Nein, weiß ich nicht.«

Mein Hals ist trocken, eng. Ich nehme den Kaffee, den er nicht will, ein lauwarmer Schluck und noch einer. Er grinst, aber ohne Spott, eher erleichtert, als stünde es jetzt wieder unentschieden zwischen uns.

»Dann haben wir das gleiche Problem.«

»Haben wir?«

»Vielleicht auch nicht.«

Er nimmt den Hals der Flasche zwischen Daumen, Zeigefinger und Mittelfinger und dreht sie auf dem Tisch wie einen Kreisel. Manchmal gerät sie auf die Kante, sie schlingert, aber fällt nicht.

»Was bist du? Ein Arbeitskollege, ein alter Freund oder was?«

Ich war schon ewig nicht mehr wütend gewesen. Es ist ein Kindheitsgefühl. Der Pausenhof. Fäuste. Der metallische, kalte Schmerz, der von der Stirn bis in die Beine sickert. Ich weinte vor Zorn, während ich zuschlug, ich konnte nicht aufhören, es gab keine Grenzen mehr. Danach rauschte mein Kopf. Irgendwann war die Wut verschwunden. Manchmal waren Dinge ärgerlich, dann war es gut, darüber zu reden. Es gab jetzt Aussprachen, vernünftige Aussprachen. Es gab Ironie und Melancholie, und wenn das nicht reichte, konnte ich durch den Park rennen. Vielleicht joggen deshalb so viele Menschen, es geht gar nicht um das Fett. Lächeln Sie, sagt Dr. Hagen. Lächeln versteckt, Lächeln verwirrt.

Ich lächle.

»Tja, was bin ich? Was bist du denn? Ihr Freund?«, fragt er.

»Richtig. Ich bin ihr Freund. Wir sind zusammen.«

»Aber an manchen Abenden war sie nicht da, stimmt's? Wahrscheinlich hat sie dir gesagt, dass sie heute keine Zeit hat, und du hast nicht weiter nachgefragt.«

»Niemand ist immer da.«

»Aber sie war bei mir.«

Lächeln. Lächeln.

»Sie lag in meinem Bett.«

Auf dem Tisch liegt ein Kartoffelkrümel. Ich drücke mit dem Daumen drauf.

»Und was ich dir damit sagen will: Ich bin auch so was wie ihr Freund.«

Ich begutachte lange die Daumenspitze mit dem Krümel. Ein weißlicher, platter Krümel, so groß wie ein Popel.

»Aber ich weiß genauso wenig wie du, wo sie ist. Vor drei Wochen kam sie zum letzten Mal zu mir. Sie kam mit einer Reisetasche, blieb die Nacht, am Morgen stand ich auf, und Maria war weg.«

Vielleicht könnte man mich damit identifizieren. Am Krümel klebt jetzt ein winziger Fingerabdruck. Man muss auf so viele Dinge achten, wenn man jemanden tötet. Es ist anstrengend, man verliert schnell den Überblick. Man sollte den Krümel lieber einpacken. In ein kleines Tütchen legen. Oder ins Portemonnaie. Ein Kartoffelkrümel kann alles versauen.

»Hey, hörst du mir zu?«, sagt er.

»Ich muss mal kurz aufs Klo.«

Ich stehe auf, nehme mein Tablett, stelle es auf das kurze Fließband, das das Geschirr in die Küche fährt.

»Ich warte hier.«

Ich sehe seinen Rücken.

Er dreht sich nicht um.

Das Arschloch dreht sich nicht mal um.

Ich halte meine Hände unter den kalten Wasserstrahl. Die Toilette ist eng, vorne ein kleines Waschbecken mit einem Seifenspender, der leer ist, oder die Öffnung ist mit einem Klumpen angetrockneter Flüssigseife verstopft. Dahinter ein Pinkelbecken mit einem Haufen Klosteine, die nach Ammoniak stinken, dahinter die Toilettenkabine. An der Decke knackt eine Neonröhre, die Wandfliesen sind dunkelgrün. Ein Fenster gibt es hier nicht, niemand soll flüchten. In meinem Mund sammelt sich Speichel. Ich spucke ein paarmal ins Waschbecken und betrachte mich im Spiegel. Der rechte Bügel meiner Brille ist ein bisschen verbogen, ich sehe blass aus, aber das kann das Licht sein. Meine Haare sind voll und lockig, noch keine Rückzugsgebiete, vielleicht habe ich Glück und ende nicht wie mein Vater. Ich habe schon seine Zähne. Sie sitzen schief im Unterkiefer, ein vererbter Engstand.

Das Wasser kühlt mein Gesicht. Wahrscheinlich ist es genau das, was er jetzt denkt. Franz. Ich bin auf dem Klo, atme tief und gucke in den Spiegel. Wie in einem Film, fertige Typen gehen immer erst mal aufs Klo. Ich schwitze in mein weißes Hemd, ungläubig und voller Selbstmitleid. Mit dem Kopf hämmere ich gegen die Kacheln. Vielleicht Tränen. Ein Gefühl von Brechreiz im Hals, im Bauch schabt irgendwas.

Aber es ist nur still. Leer.

Ich habe wochenlang nachgedacht, ich weiß nicht, worüber ich noch nachdenken soll. Ich hasse es, morgens aufzustehen, ich versuche, mich an die Dinge zu erinnern, die ich getan und gedacht habe, bevor ich Maria traf. Ich höre Musik. Lieder ohne Bezüge, ohne Andeutungen. Ohne Text. Ich habe in meinem Handy ihre Nummer gelöscht, sie war nicht mehr zu erreichen. Ich habe Schuppen bekommen. Ich gehe zur Arbeit und gucke aus dem Fenster. Man muss nicht viel essen, es geht auch so. Ich trinke Cola gegen den Durchfall. Nachts liege ich wach. Wegen der Cola.

Ich will nicht über Maria reden.

Nicht mit ihm.

Franz.

4

Ich könnte wetten, dass er sich gerade im Toilettenspiegel anschaut und sich fragt, wie das alles sein kann. Er hatte nichts geahnt, es war so vertraut mit Maria, so warm, so zart. Er wird sich sagen, dass Maria und ich unmöglich zusammen sein konnten, dass es nicht passt, weil ich ein Versager in einer Bar bin und er doch alles richtig gemacht hat: Studium, Examen, Schlips. Sein Leben hat Perspektiven, meins riecht nach Qualm und verschüttetem Rum. Er wird sich fragen, was sie an mir fand, und sich selbst die Antwort geben, nichts, seiner Meinung nach fand Maria nichts an mir. Ich bin eine Laune, die noch nicht als Fehler erkannt wurde. Er will sich nicht vorstellen, wie wir miteinander geschlafen haben, wie Maria am Morgen in meiner Wohnung aufwachte, während er in einen Anzug schlüpfte. Wahrscheinlich wird ihm gerade übel bei dem Gedanken. Er möchte sich übergeben, den Schweinebraten zusammen mit dem Gefühl auskotzen, ein blinder Idiot gewesen zu sein.

Es war richtig, herzukommen. Ich fühle mich besser.

In der Kantine wird es langsam leer, und die Frauen hinter den Glasvitrinen schauen mich an, als sei ich schon zu lange hier.

David kommt zurück. Er stellt sich an den Tisch, setzt sich aber nicht hin.

»War's das?«

»Was meinst du?«

»Ich muss zurück.«

Er möchte jetzt in Ruhe gelassen werden. Ich schiebe ihm den Stuhl hin.

»Setz dich, bitte.«

David nimmt sich den Stuhl. Er hat sich Wasser ins Gesicht gespritzt, man kann das sehen, seine Wangen sind gerötet, ein paar Tropfen glänzen am Haaransatz. Ich weiß nicht, warum man sich Wasser ins Gesicht spritzen muss, wenn es einem schlecht geht.

»Kennst du eine Freundin von ihr?«

Er schaut auf die weiße Tischplatte und schüttelt den Kopf.

»Nein. Ich weiß nicht viel von ihr.«

»Weißt du, wo sie arbeitet?«

»Sie sagte, in einem Krankenhaus. Aber da kennt man sie nicht.«

»Hast du eine Ahnung, wo sie sein kann?«

»Nein, ich habe keine Ahnung, wo sie sein kann. Warum willst du das überhaupt wissen? Maria ist weg, sie wird schon ihre Gründe gehabt haben.«

»Mir ist es scheißegal, was für Gründe sie gehabt hat. Ihre Wohnung ist noch da, ihr Fahrrad ist noch da, die Klamotten, die Bücher, die Anlage, sogar ihre beiden bescheuerten Freunde sind noch da, nur sie ist weg. Ist sie geklaut worden, in den Gully gefallen, ich weiß es nicht. Keine Ahnung, was du vorhast, aber ich möchte wissen, wo sie steckt. Wenn ich das weiß und es ihr gut geht, werde ich ihr sagen, dass sie einen Schaden hat.«

David hockt auf dem Stuhl und sagt nichts. Ich hatte drei Tage Zeit, mich an den Gedanken zu gewöhnen, dass Maria nicht ganz so wundervoll ist, wie ich dachte. Am liebsten würde ich aufstehen und ihn in diesem Schweinebratensumpf sitzen lassen. Die Kantinenfrauen fangen an, die Tische abzuwischen.

»Weißt du, wo ihre Eltern wohnen?«

Ich versuche, möglichst normal zu klingen.

»Philadelphia.«

»Was?«

»Philadelphia bei Storkow.«

»Wo soll das sein?«

»Eine Stunde von Berlin. Ist ein kleines Kaff in Brandenburg.«

Ich hatte gehört, dass es Dörfer um Berlin gibt, die nach amerikanischen Städten benannt worden waren. Philadelphia, Boston. Die ersten Einwohner waren nach Amerika gegangen, hatten Heimweh bekommen und kehrten nach einiger Zeit zurück, und weil sie ein bisschen nostalgisch waren, nannten sie den Ort, den sie gründeten, nach der Stadt, in der sie in Amerika gescheitert waren.

»Wie heißen die Eltern mit Nachnamen?«

»Hicks.«

»Hast du bei denen angerufen?«

»Ja. Da ist Maria nicht, sagt jedenfalls die Mutter. Sie habe keine Ahnung, wo ihre Tochter sei.«

»Philadelphia ist ein Dorf in Brandenburg, da weiß jeder, wo seine Tochter ist.«

Ich könnte einfach nach Hause gehen und am Abend jemanden an der Bar ansprechen. Eine normale Frau, die nicht immerzu nur Musik in meinem Zimmer hören möchte, die schönere Schuhe trägt, die nicht einfach verschwindet.

»Wie weit, hast du gesagt, ist das weg?«

»Etwa eine Stunde mit dem Auto.«

»Gut.«

»Was willst du da?«, fragt David.

»Keine Ahnung, was ich da will. Ich denke darüber nach, wenn ich da bin und Maria mir sagt, warum sie sich wie eine Idiotin aufführt.«

David sieht mich an, wie man ein seltenes Tier im Zoo anschaut, interessiert, befremdet.

David scheint sich beruhigt zu haben, es ist jetzt nicht mehr zu erkennen, was er denkt, er hat die Kontrolle wieder, und sein Gesicht hat nicht mehr die Farbe eines Crêpes. Ich nehme die Flasche Wasser und stehe auf.

»Mach's gut«, sage ich.

»Warte, nicht so schnell.«

»Was ist?«

»Du fährst morgen zur Mutter?«

»Ja.«

»Und wenn Maria da nicht ist?«

»Dann wird mir die Mutter sagen, wo ich sie finden kann.«

»Und wenn nicht?«

»Dann suche ich sie woanders.«

»Aha.«

»War's das?«

»Nein«, sagt David, »ich komme mit.«

DAMALS

5

Herr Zygalski sagte nicht viel. Nur ja und stimmt. Manchmal probierte er ein Ja aber, so als wollte er die ganze Sache erklären, und es entstand eine kleine Pause nach dem Aber.

»Ja?«, fragte der Richter.

Herr Zygalski schwieg.

Herr Zygalski zog an seinem Schlips. Ein einfacher schwarzer Schlips, dazu ein weißes Hemd, schwarzer Anzug, schwarze, geputzte Schuhe. Die angegrauten, dünnen Haare hatte Herr Zygalski auf Scheitel gelegt.

Wahrscheinlich hatte Herr Zygalski das alles schon zu seiner Hochzeit getragen, dann zu allen anderen Hochzeiten, zu denen er eingeladen war, zu Beerdigungen, Einschulungen, Konfirmationen, Empfängen, falls Herr Zygalski jemals auf einem Empfang war. Er wollte gut aussehen heute. Anständig. Wie jemand, der eine Dummheit begangen hatte, einen kleinen, blöden Fehler. Er wollte aussehen wie ein Dieb, der eigentlich nicht klaut.

Die Leute denken immer, dass es entscheidend sein könnte, was man anzieht vor Gericht. Dass es sich irgendwie entlastend auswirkt, wenn man sich die Haare kämmt, die Fingernägel schneidet, rasiert und ein bisschen Eau de Toilette aufträgt. Wahrscheinlich erzählen ihnen ihre Anwälte das. Oder sie haben es im Fernsehen gesehen. Bei Matlock sehen die Angeklagten immer großartig aus. Gut gekleidet, sorgfältig frisiert, die Frauen tragen niemals Hosen oder Turnschuhe und kauen nicht Kaugummi. Sie sehen eigentlich aus wie Anwälte, sie könnten sofort die Rollen tauschen. Am Ende werden die

Angeklagten freigesprochen, die Männer reichen Matlock die Hand und schauen ihm fest in die Augen, die Frauen umarmen den alten Matlock.

Die Wahrheit ist, dass es den meisten Richtern ziemlich egal ist, wie man aussieht. Man sollte nicht stinken und keine Fäkalwörter benutzen, weil Richter Respekt erwarten. Gegenüber sich selbst und dem Gericht als Institution. Frauen sollten nicht zu billig aussehen, Männer nicht zu brav. Mehr kann man nicht tun.

Herr Zygalski war fünfmal in den Supermarkt in der Schivelbeiner Straße gegangen. Er hatte immer sieben Pfund Kaffee geklaut, nicht mehr, nicht weniger. Beim letzten Mal hatte er plötzlich ein komisches Gefühl, er fühlte sich beobachtet, also rannte er los. Vor dem Ausgang war er ausgerutscht, zwei Kunden hielten ihn fest, einer schlug ihn sicherheitshalber mit der Faust ins Gesicht. Als die Polizei Herrn Zygalski abholte, war er 53 Jahre alt, seine Nase blutete, schwoll zu einem Klumpen, und sieben Pfund Kaffee standen neben ihm auf dem Boden.

»Sagen Sie, Herr Zygalski, warum haben Sie sieben Pfund Kaffee gestohlen? Warum nicht mal fünf oder zehn oder drei?«

Es war die einzige Frage, die Staatsanwalt Dr. Hagen interessierte. Er wartete. Herr Zygalski zog an seinem Schlips.

»Warum sieben? Wegen der sieben Todsünden, der sieben Weltmeere, wegen des Tapferen Schneiderlein oder weil sieben Ihre Glückszahl ist? Klären Sie uns doch bitte auf, Herr Zygalski. Wir sind alle sehr gespannt.«

Wir, das waren der Richter, Zygalskis Anwalt, Dr. Hagen und ich. Da der Anwalt wohl nicht sehr gespannt war auf die Antwort seines Klienten, blieben noch Dr. Hagen, der Richter und ich. Ich war der Referendar, zählte also nicht richtig. Der Richter starrte aus dem Fenster, wahrscheinlich hatte er die Frage gar nicht gehört. Blieb noch Dr. Hagen.

»Herr Zygalski, Sie können doch sprechen? Sie können Sätze bilden, mehrere hintereinander sogar. Ich nehme mal an, das können Sie, Herr Zygalski, oder irre ich mich da?«

Dr. Hagen lächelte.

»Mehr ging ja nicht«, sagte Herr Zygalski.

»Was?«

»Sieben Pfund sind die Grenze. Dann ist dicht.«

»Verstehe ich nicht. Vielleicht halten Sie mich ja für ein bisschen langsam im Kopf, aber vielleicht haben Sie einfach Verständnis und erklären einem dummen Staatsanwalt die Sache noch etwas genauer. Ginge das, Herr Zygalski?«

»Haben Sie schon mal sieben Pfund Kaffee geklaut?«

»Ich glaube nicht.«

»Ist schwierig. Ich habe immer einen Mantel angehabt. Einen mit zwei Innentaschen. Dann zwei Päckchen in die Außentaschen, eines vorne in die Hose, zwei hinten in die Hose, der Mantel hängt ja drüber. Mehr als sieben kann man nicht klauen. Halte ich für ausgeschlossen.«

Herr Zygalski lehnte sich auf seinem Stuhl zurück.

»Und weniger wollten Sie nicht?«

»Lohnt ja dann nicht.«

»Aha, gut. Sie trinken gerne Kaffee, nehme ich an, Herr Zygalski?«

»Kaffee, klar. Auch Tee, Kakao. Ich mag überhaupt so Heißgetränke.«

»Und die stehlen Sie immer? Ist das so, Herr Zygalski?«

Herr Zygalski schaute zu seinem Anwalt. Der riss die Augen auf.

»Immer nur Kaffee«, sagte Herr Zygalski. »Immer nur sieben Pfund.«

Nach der Verhandlung saß ich im Zimmer von Dr. Hagen.

Es war ein kleines schlauchförmiges Zimmer mit einem alten Holzschrank, einem alten, billigen Schreibtisch, an der

Wand hinter dem Bürostuhl waren ein paar Ansichtskarten angepinnt, die Alpen, irgendwelche Strände, der Balaton, griechische weiße Häuser vor blauem Himmel oder blauem Meer.

»Also, was sagen Sie zu dem Fall, Herr Schwimmer?«

»Der Fall ist ziemlich klar.«

»Finden Sie wirklich?«

»Ja, wir haben jede Menge Zeugen und ein Geständnis des Angeklagten.«

»Was sagen Sie denn zum Strafmaß? Was hätten Sie an meiner Stelle gefordert? Was ist die Tat von Zygalski wert?«

Dr. Hagen lächelte. Seine Robe hatte er über den Garderobenständer geschmissen, die weiße Fliege hing daneben, er war jetzt ein Mann in schwarzen Anzughosen, weißem Hemd und Hosenträgern.

Dr. Hagen hatte mir schon oft diese Frage gestellt. Sagte ich achtzig Tagessätze, sagte er neunzig oder hundert. Sagte ich sechzig Tagessätze, sagte er, dass fünfzig genügen. Wir strafen, Herr Schwimmer, wir rächen nicht. Dr. Hagen hatte siebzig Tagessätze gefordert, ich hätte auch siebzig sagen können, aber das hätte er langweilig gefunden. Was wir hier machten, war ein Spiel, es gab ein paar Regeln, und eine Regel war, dass er mehr wusste als ich. Spielte ich mit, ging alles schneller.

»Ein Diebstahl, aber hier eher ein Bagatelldelikt. Zygalski stahl keine Sache von großem Wert, fünf Fälle sind wiederum eine ganze Menge, eine Serientat. Der Angeklagte ist voll geständig. Vielleicht fünfzig Tagessätze?«

»*Vielleicht* gibt es nicht im Strafgesetzbuch. Haben Sie in einem Urteil schon mal *vielleicht* gelesen? Wurde irgendjemand schon mal *vielleicht* zu zwei Jahren Gefängnis verurteilt? Wird irgendeine Strafe *vielleicht* zur Bewährung ausgesetzt? *Vielleicht* ist nicht existent, Herr Schwimmer. Wir leben hier in einer *vielleichtfreien* Welt.«

Dr. Hagen redete nicht laut, aber er polierte jedes Wort, bevor er es ausspuckte. Er zog die Silben lang, er rollte das R, er ließ kleine Pausen, um die Wirkung zu erhöhen. Er sprach wie ein alter Theaterschauspieler, und ich war mir nicht sicher, ob er in der Lage gewesen wäre, an eine Wursttheke zu treten und etwas zu bestellen, ohne daraus einen Auftritt zu machen.

»Warum wurde Zygalski verurteilt? Was glauben Sie, Herr Schwimmer?«

»Er hat alle Tatbestandsmerkmale eines Diebstahls verwirklicht. Er handelte zudem rechtswidrig und schuldhaft.«

»Das ist richtig, aber das Wichtigste fehlt, überlegen Sie mal.«

Ich hatte keine Ahnung, was er hören wollte. Der Fall hatte keinen Kniff, keine Geheimnisse, nichts. Jemand hatte Kaffee geklaut. Der einfachste Fall der Welt. Mir fiel plötzlich unsere Party ein. Ich durfte den Wein nicht vergessen. Fünf Kisten weiß, fünf Kisten rot, hatte Jan gesagt.

»Was ist Zygalskis Problem?«

Oder sechs Kisten weiß, vier Kisten rot? Dr. Hagen schaute mich an. Er lauerte, aber er würde nicht lange durchhalten. Er wollte die Pointe verraten. Er beugte sich nach vorne, die Hände lagen gefaltet auf dem Schreibtisch.

»Zygalski hat sich erwischen lassen. DESHALB wurde er verurteilt.«

Dr. Hagen lehnte sich wieder zurück.

»Haben Sie eine Vorstellung davon, wie viele Dinge da draußen passieren, von denen wir nie erfahren? Wie viele Diebe, Erpresser und Hehler herumlaufen, die nie verurteilt werden? Was wir hier sehen, sind die Dummen, die Ungeschickten, die Phantasielosen. Typen wie Zygalski, die sieben Pfund Kaffee klauen, aus irgendwelchen Gründen, die sie selber nicht verstehen. Dann sitzen wir hier, schreiben eine Anklageschrift, schicken sie ans Gericht, wir machen eine schöne Verhandlung, der Richter schreibt ein Urteil, und während dieser Zeit passieren ganz andere Dinge, von denen wir nie hören werden. Ist es trotzdem wichtig, jemanden wie Zygalski zu verurteilen? Ist es wichtig, dass Sie und ich jetzt hier sitzen und uns mit diesem Fall beschäftigen? Denken Sie mal darüber nach, Herr Schwimmer. Wir sehen uns am Montag?«

Ich nickte. Fünf Kisten weiß, fünf Kisten rot.

»Wünsche ein recht geruhsames Wochenende, Herr Schwimmer.«

Ich nahm meine Tasche und meine Jacke. Ich lief die Treppen hinunter, ging durch die Eingangshalle, durch das schwere Drehkreuz hinaus auf die Straße. Ich mochte diesen Moment. Hier draußen war alles leichter.

Am Montagmorgen war Dr. Hagen nicht da, aber auf meinem Schreibtisch lag eine Akte, auf der ein Zettel klebte. »Was halten Sie von dieser Sache? Gruß Dr. Hagen.«

Er schrieb immer diesen Satz, wenn er mir eine Akte hinlegte. Er schrieb nie: »Zur Bearbeitung« oder »Bitte Anklage verfassen«, er schrieb immer diesen einen Satz, der klang, als ob wir richtige Kollegen wären und er einfach nur gerne meine Meinung wüsste, von Staatsanwalt zu Staatsanwalt. Ich war seit zwei Monaten hier und wusste, dass es nichts anderes hieß als »Zur Bearbeitung« und »Bitte Anklage verfassen«.

Mein Büro war eigentlich kein Büro, es war das Vorzimmer von Dr. Hagen, ein winziger Raum, in dem früher mal eine winzige Sekretärin gesessen haben muss, mit einer winzigen Schreibmaschine. Als sie auszog, den Gang runter in die Geschäftsstelle, ließ sie ihren Tisch zurück, eine Schreibtischlampe, einen grauen Bürostuhl mit defekter Sitzhöheneinstellung, das hölzerne Aktenregal und zwei Topfpflanzen. Alles war so geblieben, nur der Kalender neben dem Fenster hatte gewechselt.

Ich ging rüber zur Geschäftsstelle, um mir einen Kaffee zu holen. Eigentlich trank ich keinen Kaffee. Er war mir immer zu bitter, und ich fand, es gab keinen schlimmeren Geruch als Kaffee, der seit Stunden auf der Heizplatte einer Kaffeemaschine steht. Vor ein paar Wochen hatte ich trotzdem damit angefangen. Das Büro machte mich müde, die dunklen, gekachelten Gänge des Gerichts, die Verhandlungen mit den Beweisaufnahmen, die Akten mit ihren abgegriffenen Einbänden. Ich gab immer noch zu viel Milch in den Kaffee, aber ich hatte das Gefühl, dass er half.

Es war gut, irgendwo hinzugehen, Kaffee holen, aufs Klo, in die Kantine, völlig egal. Irgendwann wurde der ganze Tagesablauf ein Ritual, ein zweckmäßiger Vorgang, an dem sich am besten nichts änderte, weil sonst alles durcheinander geriet. Um 8.30 Uhr holte ich mir einen Kaffee. Um 9.00 Uhr saß ich in einer Verhandlung. Um 12.30 Uhr ging ich in die Kantine, runter ins Erdgeschoss zu den alten Plastikstühlen, den weißen Tapeten, zu den Tellern in den Vitrinen, auf denen der Kartoffelsalat lag, gelb und trocken an den Seiten, in der Mitte der kleine Zweig Petersilie, zu den Menüs eins bis drei, dorthin, wo es immer nach Bratwurst roch, auch dann, wenn es gar keine Bratwurst gab. Danach trank ich wieder einen Kaffee, einen 13-Uhr-Kaffee, und um 16.00 Uhr wollte ich spätestens hier raus. Das waren die Fixpunkte meines Tages. Ich hatte sie mir nicht ausgesucht, sie hatten sich einfach in den Tag gefügt, sie setzten ihn zusammen wie Bausteine, und stimmte die Reihenfolge nicht, wurde ich schnell unruhig.

Zwei Monate brauchte es, dann war ich ein Gerichtsmensch. Verfahren dauerten hier oft Jahre, aber andere Dinge gingen sehr schnell.

Ich musste meine eigene Tasse mitbringen, jeder hatte hier eine eigene Tasse, das hatte mir Frau Geißler, die Sekretärin, gleich am ersten Tag erklärt. Ohne Tasse keinen Kaffee. Auch so ein Gesetz.

»Morgen, Frau Geißler.«

»Guten Tag, Herr Schwimmer.«

Frau Geißler kam immer um sieben, und um dies zu betonen, sagte sie um 8.30 Uhr nicht mehr Guten Morgen, sondern Guten Tag.

»Ist denn noch Kaffee da?«

»Aber nicht mehr viel. Alle kommen ständig an und denken, wir haben nichts anderes zu tun, als Kaffee aufzusetzen.«

Die anderen beiden Sekretärinnen schauten kurz hoch.

»Ja, ich weiß, Frau Geißler. Es ist schlimm.«

»Haben Sie Ihre Tasse dabei? Na, geben Sie mal her.«

Es war immer das gleiche Spiel. Anfrage, Entrüstung, Verständnis, Ausschank.

»Sie sehen aber müde aus, Herr Schwimmer. Haben Sie schlecht geschlafen?«

»Wahrscheinlich nur zu wenig.«

Am Samstag war die Party gewesen. Am Sonntag war alles anders. »Bis später«, hatte Maria zum Abschied gesagt. Dann hatte sie mich auf den Mund geküsst, und ich hörte ihre Schritte durch das Treppenhaus hallen. Ich war auf den Balkon gegangen und hatte gesehen, wie sie die Straße hinunter lief, bis sie hinter den Kastanien verschwunden war. Ich wusste nichts von Maria. Bis später, konnte alles heißen. Ich hatte nicht mal ihre Telefonnummer.

»Sie sehen noch ganz zerknittert aus.«

Die anderen beiden Sekretärinnen schauten mich an.

»Wirklich?«

Die Sekretärinnen nickten.

»Dann gehe ich jetzt mal lieber.«

»Machen Sie nicht wieder so viel Milch rein«, sagte Frau Geißler und reichte mir die Tasse. »Schmeckt doch gar nicht, und wir rennen wieder den ganzen Tag durch die Stadt und besorgen Milch.«

Die Sekretärinnen nickten.

»Ja, ich weiß. Es ist schlimm.«

Ich lief über den gekachelten Gang zurück ins Büro, vorbei an den Holzbänken, wo ein paar Leute saßen und darauf warteten, dass die Justizbeamten sie in die Gerichtssäle ließen. Justizbeamte waren so etwas wie Pförtner. Die Männer trugen grau-blaue Uniformen, die Frauen waren beige-braun gekleidet. Justizbeamte hatten blasse Gesichter und rauchten viel, wahrscheinlich aus Langeweile. Während der Verhandlungen hatten sie wenig mehr zu tun, als Kreuzworträtsel zu lösen und auf die Urteile zu wetten. Ich hatte zweimal dagegengehalten und verloren. Sie hatten viel mehr Erfahrung, sie waren jeden Tag hier, seit Jahren schon. Sie kannten die Richter, die Staatsanwälte, die Verteidiger und oft auch die Angeklagten. Sie ahnten, wann ein Zeuge log, ein Verteidiger bluffte oder ein Staatsanwalt zu viel wollte. Sie spürten, ob eine Bewährungsstrafe möglich war, sie konnten die Höhe einer Geldstrafe abschätzen. Sie waren ein Teil des Systems, und ihre Aufgabe war das Warten. Sie warteten darauf, einen Zeugen hineinzurufen, einen Angeklagten abzuführen, die Fahrtkostenvordrucke auszufüllen oder die Verhandlungspausen zu beenden. Sie traten raus auf den Gang und riefen laut: »Die Prozessbeteiligten bitte.« Manchmal führten sie einen Angeklagten aus dem benachbarten Untersuchungsgefängnis ins Gericht. Sie gingen mit ihm über unterirdische Gänge und geheime Treppen, sie hatten die ganze Verantwortung, nur sie allein. Wahrscheinlich waren das die besten Momente für einen Justizbeamten.

Ich blätterte kurz in der Akte, die mir Dr. Hagen hingelegt hatte, schließlich ging ich zum Fenster und schaute hinaus. Von manchen Gerichtssälen aus konnte man auf den Hof der Untersuchungshaftanstalt blicken, und es gab Tage, an denen man die Gefangenen hörte. Sie brüllten, pfiffen und trommelten mit irgendwelchen Gegenständen. Es war wie in einem Fußballstadion. Jemand fing an, ein paar machten mit, es wurden mehr, irgendwann rauschte das ganze Gebäude. Affentheater, sagte Dr. Hagen immer. Verrücktes Affentheater. Von meinem Fenster aus sah ich nicht viel. Eigentlich gar nichts, außer einen kleinen Hof und einer Mauer aus roten Klinkersteinen. Wenn die Sonne den oberen Teil der Mauer erreichte, sah es aus, als würde sie glühen.

6

Ich hatte Maria auf der Party getroffen. Die Musik rauschte nach draußen auf die Straße, Jan stand auf dem Balkon und sah zufrieden aus. Wenn die Leute tanzten, war es eine gute Party. Der Raum, das Licht, am Ende war alles egal. Tanzen sie, hast du gewonnen.

Jan winkte mir zu. Wir kennen uns, seit wir sechzehn sind, wir hatten gemeinsam Abitur gemacht, und vor ein paar Jahren waren wir zusammengezogen. Es hatte sich einfach so ergeben. Altbau, drei Zimmer, Küche, großer Balkon, achtzig Quadratmeter, Berlin-Lichtenberg. Keine gute Gegend, aber bezahlbar. Leute, die neu in Berlin sind, verwechselten Lichtenberg oft mit Lichtenrade oder Lichterfelde, aber das hatte nichts miteinander zu tun. In Lichtenberg gibt es den Friedhof der Sozialisten und die Stasi-Zentrale, die heute das Arbeitsamt Berlin Ost ist. Lichtenberg ist der Bezirk vor Hellersdorf, und hinter Hellersdorf ist Berlin zu Ende.

Jan stand auf dem Balkon zusammen mit einer Frau. Sie hatte dunkle Haare und sagte nicht viel. Jan erzählte, sie nickte und trank aus ihrer Bierflasche. Sie trank komisch. Sie stülpte die Lippen über die ganze Öffnung, sie ließ nicht die paar Millimeter Platz, die es braucht, damit sich die Lippen nicht an der Öffnung festsaugen, und jedes Mal, wenn sie einen Schluck nahm, schmatzte es, und sie fing an zu lachen. Es klang gut, wie sie lachte. Es klang nach jemandem, der Spaß hatte und ein bisschen zu viel trank. Ich sah, dass sie grüne Augen hatte. Ich sah ein Stück ihres Nackens. Ich sah, dass sie braune Schuhe trug, flach und irgendwie ohne Form. Sie hatten keinen Absatz, keine Spitze, sie waren vorne rund

und hinten rund. Ich sah das alles, und dann sprach sie mich an.

Sie sagte, schöne Party.

Dann streckte sie mir ihre Hand entgegen und nannte ihren Namen. Ich drückte ihre Hand und vergaß den Namen.

Sie fragte, wie lange ich schon mit Jan zusammenwohne und warum es im Hausflur so komisch riecht.

Fünf Jahre, sagte ich, und dass im Haus ein paar Vietnamesen wohnen, die eigenartige Dinge kochen, kleine Hunde oder so was, und ob sie auch einen kleinen Hund habe.

Nein, keinen Hund, sagte sie.

Gut, sagte ich.

Mein ganzer Körper wurde still. Sie hatte wirklich unglaublich grüne Augen. Selbst in der Dunkelheit war das nicht zu übersehen.

Wir standen auf dem Balkon und schauten auf die Straße. Jan war wieder hineingegangen. Es war der erste warme Abend in diesem Jahr, der erste Abend, der nach Frühling roch, und ich stand neben ihr wie ein Stück Holz. Sie hatte sich auf die Zehenspitzen gestellt und über die Brüstung des Balkons gebeugt, als suche sie am Boden etwas, irgendwo dort unten, vier Stockwerke tiefer. Ich sah auf ihre ausgewaschenen, blauen Jeans, auf ihre Beine und den Hintern, es ging gar nicht anders, und es gefiel mir. Sie hatte sich so weit rübergebeugt, dass ihr ganzer Oberkörper in der Luft hing. Ich wollte sie zurückziehen. An der Hüfte umfassen und zurückziehen.

»Pass auf«, sagte ich und berührte ihren Arm.

»Keine Angst, ich falle nicht«, sagte sie.

Ich stellte das Glas auf den Boden, trat näher an die Brüstung, beugte mich ein wenig rüber, mit den Händen umfasste ich die Mauer. Mein Magen schob sich nach oben. Ich schaute starr geradeaus, auf das gelbe, neu verputzte Haus gegenüber.

»Du siehst verkrampft aus«, sagte sie.

Ihre Füße berührten nicht mehr den Boden, nur ihr Bauch lag auf der Brüstung und ihre Hände. Ich spürte die Magensäure meinen Hals hinaufklettern.

»Ich kann das nicht sehen. Mir wird schlecht davon.«

»Dann mach die Augen zu«, sagte sie.

»Das hilft nicht. Wenn ich die Augen schließe, beginnt sich alles zu drehen, als wäre ich besoffen.«

»Und dann musst du kotzen?«

»Richtig.«

»Kann man irgendwas dagegen tun?«

»Du könntest dich weniger weit rüberbeugen. Das wäre nett von dir. Es reicht, wenn ich sehe, wie jemand sehr dicht an einem tiefen Abgrund steht oder sich sehr weit rüberbeugt, so wie du jetzt gerade.«

Sie blieb in ihrer Position.

»Glaube ich dir nicht.«

»Ich habe Höhenschwindel. Schon auf eine Zimmerleiter zu steigen, um eine Glühbirne zu wechseln, kostet mich Überwindung.«

Sie schaute mich an. Sie sah konzentriert aus, die grünen Augen zusammengezogen. Ihr schwarzes T-Shirt war an den Seiten verrutscht, ich sah einen schmalen Streifen weißer Haut und eine große Narbe, bläulich, grob. Ein zerhackter Schnitt. Wahrscheinlich war die Narbe schon Jahre alt, aber sie hatte sich nie geglättet. Und sie würde sich auch nie glätten.

Ich hatte auch eine Narbe. Direkt unter der rechten Kniescheibe, von einer Glasscherbe, die auf der Wiese lag. Und eine zweite Narbe an der linken Wade, von einem Hund, der auf der Wiese lag. Aber ich sagte nichts, wir waren noch lange nicht so weit, dass wir uns gegenseitig unsere Narben zeigten, die Stellen, an denen wir immer Pickel bekommen oder die Haare beginnen, grau zu werden. Judith sollte ich immer die grauen Haare rausziehen. Ich wühlte in ihren Haaren wie durch ein Vogelnest, ich zupfte alles Graue raus, was nicht leicht zu finden war, denn sie war sehr blond. Ich übergab ihr die fünf, sechs Haare, meinen gesamten Fund, und sie sagte »Oh Gott, es werden immer mehr«, und ich beschloss, jedes Mal nur fünf, sechs Haare zu zupfen, aber sie sagte trotzdem jedes Mal: »Oh Gott, es werden immer mehr.«

Ich trat von der Brüstung zurück und suchte nach meinem Weinglas. Wir waren jetzt die Einzigen auf dem Balkon, die Tür stand offen, man konnte in das Zimmer schauen, als wäre es ein Aquarium mit seltsamen Menschen.

»Höhenschwindel?«

Sie betonte es auf Schwindel.

»Höhenschwindel ist die Vorstufe zur Höhenangst«, sagte ich. »Lateinisch Akrophobie. Goethe hatte zum Beispiel auch Höhenangst. Er studierte in Straßburg und lief dort immer wieder den Turm des Münsters hinauf, bis die Angst weg war.«

Sie sagte nichts.

Klugscheißer, dachte ich.

Ich lehnte mich mit dem Rücken an die Wand, ich stand schräg hinter ihr. Sie hing immer noch mit dem Oberkörper weit über der Brüstung. Sie trug keine Socken in ihren braunen Stoffschuhen. Ich dachte daran, dass meine Tante Schuhe aus braunem Cord gehabt hatte. Ich war noch klein, sie litt an schwerem Diabetes, und da ich niemanden kannte, der auch solche Schuhe hatte, glaubte ich, es seien spezielle Diabetikerschuhe. Gekauft in einem Diabetikerschuhladen.

Es war eine alberne Geschichte.

Ich guckte geradeaus auf das gelbe Haus, das einzige frisch verputzte Haus in der Straße. Der Rest war alt, blättrig und braun. Aber es gab Kastanienbäume, die ganze Straße wurde im Frühling grün, die Straße hieß sogar Allee, auch wenn sie dafür zu schmal war. Eine Frau trat mit ihrem Hund aus der Tür, der Hund schnüffelte gleich in einer Hecke, die Frau wartete. Ich fand mein Weinglas nicht, und Wein hätte ich jetzt gebraucht. Ich weiß nicht, warum, aber ich wollte unbedingt, dass sie mich mochte.

»Siehst du den Hund?«, fragte sie.

»Der an der Hecke?«

»Wenn Hunde kacken, sehen sie immer unglaublich dämlich aus, findest du nicht? Sie sitzen da wie ein Fragezeichen. Die Ohren hängen runter, und sie haben diesen beschämten Gesichtsausdruck. Ich glaube, es ist ihnen peinlich, wenn jemand zuguckt.«

»Stimmt«, sagte ich schnell. Ich wollte nicht, dass sie mir entglitt. Ich überlegte, wie ihr Name war.

»Was ist das für ein Gefühl?«, fragte sie.

»Was?«

»Dieser Schwindel.«

»Schwer zu sagen. So eine Art Sog. Ich habe das Gefühl, ich falle, auch wenn ich gar nicht fallen kann. Ich denke, ich könnte die Kontrolle über mich verlieren und runterspringen. Es ist eigentlich albern, aber ich schaffe nicht, das Gefühl zu besiegen. Es zieht bis runter in die Füße.«

Ich trat gegen mein Weinglas. Ich hörte das Knirschen, eine dunkle Zunge breitete sich aus, der Kelch des Glases rollte gegen die Brüstung, der Stiel lag unter meinem Schuh. Das Glas sah aus wie enthauptet. Ich nahm die Rotweinflasche, sie war noch halb voll, ich brauchte kein Glas, nur den Wein.

»Hast du keine Angst?«, fragte ich.

»Doch, ständig. Nur nicht jetzt. Aber wenn ich falle, sieht's übel aus, oder?«

»Ja, und du siehst dann auch übel aus.«

»Rückgrat gebrochen.«

»Und Schädelbruch.«

»Mein Gesicht ist zermatscht, und ich liege da, mit verdrehten Gliedmaßen.«

»Ja, wie Roy Black.«

»Ist der gesprungen?«

»Ich glaube.«

»Oder war es Rex Gildo?«

»Oder der.«

»G. G. Anderson können wir ausschließen?«

»Ja, Roy oder Rex, einer von den beiden ist gesprungen.«

»War er sofort tot?«

»Sofort, weiß ich nicht, am Ende schon.«

»Man muss sofort tot sein. Das Schlimmste ist doch, wenn man vom Balkon springt und ist danach so schwer gelähmt, dass man nicht mehr in der Lage ist, es ein zweites Mal zu probieren. Du kannst vielleicht noch mit den Augen zwinkern, aber was hilft dir das?«

»Dann war alles umsonst«, sagte ich

»Natürlich. Ich meine, du wolltest dich umbringen, und alles, was du schließlich erreicht hast, ist ein Zustand, in dem das nicht mehr geht. Du wolltest tot sein, und plötzlich bist du unsterblich.«

Sie hatte eine dunkle Stimme. Sie passte nicht zu ihrem Körper. Alles an ihr war zierlich, sie war nicht sehr groß, ihr Kopf war schmal, wie bei einer Katze.

»Aber du willst nicht springen?«

»Hast du noch Wein?«

Sie zog ihren Oberkörper zurück, die Füße berührten wieder den Boden. Sie zog das T-Shirt über die Narbe und drehte sich um. Zwischen uns lag ein Meter Luft. Ihr Gesicht war ernst, aber ihm fehlte jede Kühle. Sie sah aus wie jemand, der etwas sagen will. Ihre Augen waren zu groß und zu grün und seltsam traurig, und ich hatte schon längst beschlossen, sie zu mögen. Ein Auto fuhr vorbei, Leute kamen auf den Balkon und schnipsten Kippen über die Brüstung, zogen Bierflaschen aus den Kästen, ich schaute an ihr vorbei in die Nacht und versuchte, kühn auszusehen. Es wurde plötzlich eng, jemand wollte durch, sie machte einen Schritt, lehnte sich für einen Augenblick an mich, sie war warm, in meinem Bauch blitzte es, dann standen wir nebeneinander mit dem Rücken an der Hauswand.

»Ich habe aber kein Glas«, sagte ich.

»Ist egal.«

Ich hielt ihr die Flasche hin, und sie nahm einen Schluck, dann ich, dann wieder sie. Ein paar Leute standen mit uns auf dem Balkon und unterhielten sich, drinnen war es leerer geworden, es musste spät sein, niemand sprach uns an, ich sah das Glimmen der Zigaretten und wie Rauch aus den Mündern floss.

»Was machst du?», fragte sie.

»Ich arbeite am Gericht. Aber ich bin noch kein fertiger Jurist, ich bin Rechtsreferendar.«

Das Schlimme ist, dass man nichts Spannendes über Juristen erzählen kann. Ich bin Jurist, klingt immer angestrengt, es klingt nach Streber, ein bisschen langweilig, es ist nicht besser als Volkswirt oder Hygieneinspektor.

»Du siehst nicht aus wie jemand, der am Gericht arbeitet.«

»Danke.«

»Das muss kein Kompliment sein.«

»Trotzdem danke.«

»Verurteilst du Leute, oder was machst du?«

»Ich klage an.«

Sie lächelte. Ihr Gesicht veränderte sich kaum dabei. Es wurde nur heller.

»Was ist so komisch daran?«

»Ist Selbstmord strafbar?«

»Du meinst, der Versuch?«

»Klar der Versuch.«

»Nein. Nur Selbstverstümmelung ist strafbar, aber auch nur dann, wenn man die Wehrpflicht umgehen will.«

Sie nahm mir die Weinflasche aus der Hand. Ich sah, wie sich ihr Kehlkopf bewegte. Dann schaute sie über die Brüstung des Balkons.

»Die Frage ist doch, ob man ohnmächtig wird, bevor man auf dem Boden aufschlägt? Was denkst du?«

»Tja, ich habe keine Erfahrungen. Fallschirmspringer werden jedenfalls nicht ohnmächtig, sonst könnten sie ja nicht mehr den Fallschirm öffnen. Wahrscheinlich ist sogar alles viel klarer.«

Sie schaute mich an, ein wenig belustigt, und nichts in ihrem Blick ließ erkennen, was sie dachte. Ich empfand sogar ein gewisses Unbehagen, wenn ich mit ihr sprach. Es war, als könnte ich nichts verstecken. Ich kam mir entblößt vor, seltsam nackt, und ich habe mich immer davor gefürchtet und zugleich immer gehofft, dass mich jemand so sehen könnte. Einen Augenblick lang dachte ich daran, nach drinnen zu gehen und sie hier stehen zu lassen. Aber ich bewegte mich keinen Zentimeter, und ich weiß nicht, ob ich nicht wollte oder nicht konnte. Ich spuckte aus, meine Zunge war schwer und pelzig vom Rotwein.

Sie hielt mir die Flasche hin.

»Ich bin Krankenschwester«, sagte sie. »Und ich bin ein bisschen besoffen.«

Ich hatte etwas Funkelndes erwartet. Ein Agenturjob, Theater, Kunst, so was. Krankenschwestern müssen früh aufstehen. Sie tragen weiße, bequeme Schuhe, die beim Laufen ein glucksendes Geräusch zurücklassen. Sie haben kurze Fingernägel, und man kann mit ihnen telefonieren, ohne dass es eine Sekretärin gibt, die sagt, sie sitze gerade in einer Präsentation oder in einem Flugzeug.

Krankenschwester war nicht schlecht.

»Hast du vorhin meine Narbe gesehen?«

Sie zeigte auf die Stelle direkt über ihrem rechten Hüftknochen.

»Nach der Operation habe ich jahrelang keinen Bikini mehr getragen, immer nur einen Badeanzug. Ich fand die Narbe schrecklich, ich habe mich immer dafür geschämt.

Ich wollte nicht, dass sie jemand anguckt oder sogar berührt. Aber bei dir hat es mir nichts ausgemacht. Ich wollte, dass du sie siehst.«

»Ich habe nichts gegen Narben. Jeder hat Narben.«

Ich krempelte meine Jeans hoch, zwängte den Stoff über mein Knie und war enttäuscht. Die Narbe war blass und zwischen Haaren versteckt. Sie war viel zu klein.

»Das ist nichts, das ist ein Witz.«

Wir guckten beide auf mein Knie.

»Aber ich habe einen Knorpelschaden.«

»Zählt nicht.«

»Warum?«

»Ist so.«

»Was zählt denn?«

»Ich würde mich gerne kurz hinlegen. Geht das?«

Sie sah plötzlich müde aus, sie versuchte ein Lächeln, aber es blieb verwischt. Wir standen wieder mit dem Rücken an der Hauswand. Ihre Hände hatte sie zur Hälfte in die Hosentaschen gesteckt, ihre Schultern waren hochgezogen. Sie wirkte, als wäre sie irgendwo aus dem Nest gefallen.

»Erinnerst du dich an meinen Namen?«

Ich wollte lügen, aber sie hätte es bemerkt.

Sie hielt mir ihre Hand hin, genauso förmlich wie am Anfang.

»Maria«, sagte sie.

»David«, sagte ich.

»Ich weiß«, sagte sie.

Halb vier waren alle gegangen. Der Fußboden sah versifft aus, Jan kam ins Zimmer, seine Stimme klang brüchig und heiser.

»Kippe?«, krächzte er.

»Klar.« Ich rauchte sonst nicht, aber es war eine Nacht, in der ich mich fragte, warum.

»Gute-Nacht-Whisky?«

Jan holte die Flasche Single Malt hervor, die er hinter seinem Regal versteckt hatte. Wir setzten uns auf den Balkon, tranken den Whisky, rauchten, und ich fühlte mich aufgekratzt. Wir waren die Einzigen, die keine Blumenkästen hatten. Alle anderen Balkone im Haus sahen aus, als wären sie eine Außenstelle des Botanischen Gartens, unser Balkon war kahl, es standen nur zwei leere Bierkästen herum, die wir als Stühle benutzten.

»Sie liegt bei dir im Bett«, sagte Jan.

Er schaute in den Himmel und gähnte.

»Ja, kein Problem, ich schlafe auf der Couch.«

»Wie du willst.«

Er drückte seine Zigarette an der Wand aus und stand auf.

Die Flasche Whisky ließ er stehen.

Ich goss mir noch zweimal nach. Ich hörte leise Musik und wurde nicht müde. Ein Licht ging aus. Ein Auto sprang an. Jemand brüllte einen Namen. Die Zigarette verglühte. Der Wind bewegte die Blätter. Der Mond sah aus wie die Erde.

Ich ging zu meinem Zimmer. Der Schlafsack lag auf dem Kleiderschrank, ich brauchte kein Licht zu machen, nur kurz rein und wieder raus. Ich drückte vorsichtig die Türklinke runter. Das Mistding knarrte. Die ganze Tür knarrte, der Flur, die Etage, das ganze Haus. Ich drückte langsam die Tür auf und ging hinein.

Sie las. Meine Bettlampe brannte.

»Hole nur kurz meinen Schlafsack«, sagte ich.

»Warum?«, fragte sie.

»Dir geht's ja nicht so blendend, und da dachte ich, ich geh vielleicht rüber und schlafe dort.«

»Geht schon wieder«, sagte sie.

Dann stand sie auf.

Sie trug einen schwarzen Slip. Sie sah schmal aus, ihre

Schultern, ihre Hüften, ihre Schenkel. Ihr linker Fuß war leicht nach innen gedreht, und ihr Bein zitterte fast unmerklich.

Ich schlief nicht besonders gut. Ich sah, wie es Morgen wurde, mein Arm lag unter ihrem Rücken, ich spürte ihn nicht mehr, aber ich bewegte ihn nicht. Ich hörte auf ihr Atmen. Ich rückte näher an sie heran, so nah, dass meine Nase ihr Haar berühren konnte. Ich roch Kopfhaut, Parfüm, Rauch.

Ich sah ihre Stirn an, ihren Mund, ihre schwarzen Haare, ihre Ohren. Die Ohren waren groß und standen ein bisschen ab. Ich roch an ihrem linken Ohr. Ihr Ohr roch nach nichts. Es war weich, und auf ihrem Ohrläppchen waren ein paar feine Haare. Ich küsste ihr linkes Ohr. Sie bewegte sich nicht. Ich leckte an ihrem Ohr, ich wollte plötzlich wissen, wie es schmeckt. Es schmeckte irgendwie warm. Aber es gefiel mir. Das ganze Ohr gefiel mir, und ich spürte, wie sich meine Unterhose spannte. Ich leckte weiter an ihrem Ohr, meine Zunge war trocken und ledrig, ich leckte wie ein kleiner Hund und fühlte mich komisch. Ich bin keiner von diesen Fetischisten, die auf Ohren abfahren oder die an Füßen riechen oder an gebrauchten Slips. Ich lecke eigentlich nicht an Ohren. Ich bekomme keine Erektion, wenn ich Ohren sehe oder Ohren berühre. Ohren sind mir egal. Ohren sind Ohren.

Sie bewegte sich. Ihre Haut war weiß. Sie hatte geschwungene Brauen, die in der Mitte einen Knick machten. Sie hatte kleine Brüste. Ich lag neben ihr und wusste, dass es das Beste war, was ich seit langem gemacht hatte.

Irgendwann wachte sie auf. Wir lagen eng nebeneinander und schauten an die Decke, unsere Schultern berührten sich.

»Kratzt du mir den Rücken?«, fragte sie.

Es war der erste Satz an diesem Sonntagmorgen.

Sie drehte sich auf den Bauch, und ich beschäftigte mich mit ihrem Rücken. Ich kratzte, ich streichelte, so lange, bis sie

Gänsehaut bekam. Sie seufzte ein paarmal, sie lag da wie eine zufriedene Katze, dann drehte sie sich um und sagte, dass ich der beste Rückenpfleger sei, den sie je kennen gelernt hatte. Ich wünschte, sie würde wieder schlafen und ich könnte sie in Ruhe betrachten, ihren ganzen Körper. Es war eigentlich kein besonderer Körper. Arme, Beine, Kopf und Mittelteil. Aber ich hätte nichts ändern wollen. Ich hätte nicht mal ein Haar abgeschnitten.

Eine Weile sagte keiner von uns etwas. Auf meinem schwarzen Sessel lagen Marias Sachen, ihre komischen braunen Schuhe standen daneben, die Spitzen nach innen gedreht. Ich schaute auf den Miró-Druck an der Wand. Mein Zimmer war hell und klar. Die weiße Raufasertapete, die Regale aus Kiefernholz, die Bücher, der verstaubte Ficus auf dem Boden, die blaue Tasse auf meinem Schreibtisch, alles erschien mir an diesem Morgen unerträglich. Es gab nichts Eigenwilliges. Jeder hätte hier wohnen können.

»David und Maria. Wir haben beide biblische Namen. Warum haben dich deine Eltern David genannt?«, fragte sie.

»Nach einem französischen Komponisten, den meine Mutter sehr mag. David ... David Dingsda, ich komm nicht auf den Nachnamen.«

»Ein berühmter Komponist?«

»Nein, er lebte im 18. Jahrhundert und schrieb ein paar Klavierkonzerte.«

»Und weiter?«

»Er war erfolglos, litt unter Depressionen und schnitt sich irgendwann die Pulsadern auf. Meine Mutter scheint die Einzige zu sein, die ihn überhaupt kennt.«

»Du spinnst.«

»Nein, das ist die Wahrheit. David ... Dingsda. Mir fällt der Name noch ein.«

»Deine Mutter hat dich nach einem erfolglosen, verrückten Komponisten benannt?«

»Ja, sie sagt, seine Musik sei unglaublich gewesen.«

Maria schlang die Beine um meine Hüften und setzte sich auf mich. Ich schaute auf ihre Brüste, auf ihren Bauch. Manche Frauen haben einen strengen Bauch. Man kann die Disziplin erkennen, die ganze Anstrengung, mit der sie ihn in Form halten. Marias Bauch sah warm aus. Ein völlig entspannter Bauch. Ich dachte daran, aufzustehen und Musik anzumachen. Es war ein guter Sonntagmorgen, und es gab jede Menge guter Sonntagmorgen-Musik.

»Hättest du mich angesprochen?«, fragte sie.

»Das ist eine sehr hypothetische Frage, findest du nicht?«

»Trotzdem kann man sie beantworten, so ganz hypothetisch, meine ich.«

»Ich hätte wohl abgewartet.«

»Klar, du hättest dagestanden und gewartet. Dann wärst du ins Bett gegangen, und ich wäre nach Hause gefahren.«

»Ja, vielleicht. Das meiste passiert zufällig, oder es passiert eben nicht.«

»Machst du das immer?«

»Was mache ich immer?«

»Nichts. Warten. Gucken. Warten.«

»Ich beobachte gern. Das ist etwas ganz anderes als nichts machen.«

»Du bist ein Idiot«, sagte sie.

Sie küsste mich, und es war wie Bitter mit Süß. Ich legte meine Hände auf ihre Brüste und deckte sie zu.

Maria schaute mich an, so ernst und traurig wie in der Nacht auf dem Balkon. Ich fand sie noch immer fremd und schön, die Luft, die durch das offene Fenster strömte, war weich, und dann stand Maria auf und zog sich ein T-Shirt über. Ich hörte, wie sie die Tür öffnete und durch den Flur lief. Ich wartete zwei, drei Minuten, ich hörte, wie die Toilettenspülung ging. Dann holte ich zwei frische Handtücher aus dem Schrank und ging ins Bad.

7

Karpuz bedeutet Melone. Herr Albayrak brüllte es seit einer halben Stunde, er stand vor seinem Laden und brüllte.

»Karpuz, lecker, lecker karpuz!«

Herr Albayrak hatte vermutlich den grünen Kittel an, auf den er »Albayrak & Partner, In- und Export Handelsgesellschaft« gestickt hatte. Herr Albayrak hatte aber keine Partner. Er importierte nichts, er exportierte nichts, und eine Handelsgesellschaft hatte er auch nicht. Er war Gemüsehändler, fuhr morgens zum Großmarkt, kaufte Gemüse in Kisten, stellte sich vor mein Fenster und schrie Gemüsenamen. Wenn man Herrn Albayrak fragte, was er beruflich mache, antwortete er, Import-Export. Ich sagte ihm, dass Import-Export kein Beruf sei und außerdem nach Drogendealer klinge.

Das sei ihm egal, antwortete er.

»Karpuz, lecker, lecker karpuz!«

Herr Albayraks Stimme klang dumpfer, nachdem ich mir die Decke über den Kopf gezogen hatte. Ich wäre gern müde gewesen. Es war morgens um acht, es war die beste Zeit dafür. Mein Bett war warm, ich hatte bis vor einer Weile hinter der Bar gestanden, ich war gerade nach Hause gekommen, ich roch nach Schweiß, nach Rauch, nach Stadt, es sprach nichts dagegen, müde zu sein.

Ich hätte mich bei ihm beschweren können, sicher hätte er Rücksicht genommen, wäre in den Laden gegangen, aber dadurch hätte ich auch nicht eher einschlafen können.

Rainer hatte vorgeschlagen, nach Feierabend noch etwas essen zu gehen. Wir gingen in eine Pizzeria, die rund um die Uhr geöffnet hat. Rainer bestellte sich Tortellini und sagte, dass Tortellini nachts um vier am besten schmecken. Ich dachte daran, dass er sie wohl nie zu einer anderen Zeit gegessen hatte.

Rainer trank keinen Alkohol und zahlte mich pünktlich aus. Beides war ungewöhnlich für jemanden, der eine Bar besaß. Ich trank während meiner Schicht nur Kaffee und hatte mir vorgenommen, ihn nie zu bestehlen. Als Barmann war auch das nicht normal.

Seit fünf Jahren war ich bei Rainer. Die Bar war nicht so edel wie die Hotelbars, in denen ich früher gearbeitet hatte, aber es wurde nicht gepanscht, und ich musste keine Krawatte tragen. Früher musste ich Whisky-Seminare besuchen und mit Vertretern sprechen, die mir den Unterschied zwischen umbrischem und toskanischem Grappa erklärten. Anfangs gefiel es mir. Mich interessierte, warum Cocktails erfunden wurden (während der Prohibition waren die verfügbaren Spirituosen so schlecht, dass man sie nur mit Saft gemischt trinken konnte), wo der Bellini erfunden wurde (Harry's Bar, Venedig, der Sohn des Gründers arbeitet noch immer hinter der Bar, er ist Rechtsanwalt) und warum Danziger Goldwasser Danziger Goldwasser heißt (weil Gold drin ist, und ja, man trinkt das Gold, und ja, in Polen ist Gold im Schnaps). Abends las ich Cocktail-Bücher und jonglierte in meinem Bett mit Flaschen.

Irgendwann hielt ich es nicht mehr aus. Mich nervte die Krawatte, die ich mir zwischen den zweiten und dritten Hemdknopf klemmen musste, mich störten die Geschäftsleute, die mich fragten, ob es in Berlin Balkan-Nutten gäbe, die billiger seien als der Erotik-Kanal, ich ertrug den Barchef nicht, der Gorbatschow-Wodka in Absolut-Flaschen kippte.

Rainer hatte eine Anzeige geschaltet. Ich rief ihn an, er fragte nach meinen Erfahrungen, und ich erzählte vom abgebrochenen Studium, Nutten aus Rumänien und Grappa aus Umbrien. Nur einen Abend musste ich zur Probe arbeiten, dann sagte er: »Ich werde dich fair bezahlen, dich in Ruhe lassen und nur entspannte Leute hier trinken lassen.« Es war genau das, was ich suchte. Ein Chef, der mich machen ließ, und Gäste, die ihre Probleme mit einem Drink lösen wollten und nicht in Gesprächen mit dem Barmann.

Rainer hatte das »Cindy liebt mich nicht« gut eingerichtet. In der Mitte, direkt vor dem Tresen, standen ein paar niedrige Tische, daneben grüne, buckelige Hocker. An den Wänden zog sich eine gepolsterte Sitzbank mit sehr hoher Rückenlehne entlang. Sie war ebenfalls grün und ziemlich durchgesessen, was man an den kleinen Kratern in Hinternform sah, aber sie war weich, bequem und abends als Erstes besetzt. Über der Theke hatte Rainer ein paar Lampen montiert, die kleine Spots auf die Aschenbecher warfen. Manchen Gästen gelang es, sich stundenlang mit dem Licht zu beschäftigen. Sie schoben den Aschenbecher zur Seite, fuhren langsam mit ihrer Hand durch den Lichtstrahl, schwenkten sie darin, immer wieder, als wollten sie dirigieren, »Hand im Spot« war das beliebteste Spiel an der Theke.

Letzte Nacht war viel los gewesen. Rainer hatte den »Sex on the Beach« als Tagescocktail zum halben Preis an die Wand geschrieben. Gegen eins war eine Gruppe in die Bar gekommen, die ich noch nie vorher gesehen hatte und der es gefiel, den Drink zu bestellen und laut »Ich möchte noch mal Sex am Strand« zu schreien. Betrunkene Männer fanden solche Dinge lustig, betrunkene Frauen waren anders, aber nicht unbedingt besser. Wenn sie zu viel tranken, bestellten sie nach einer Weile einen »Screaming Orgasm« und schauten dabei mit einem Blick, der den Geschäftsleuten in meinem alten Hotel gefallen hätte. Ich kannte Barkeeper, die seit Jahren mit keiner nüchternen Frau mehr geschlafen hatten, in Wahrheit passte nichts besser zusammen als eine betrunkene Frau und ein Barmann, dem das egal war.

Am Ende des Abends fehlte Geld in der Kasse. Wenn das passiert, war es entweder ein Fehler oder Robert, unser Kellner. Meistens war es Robert. Ein guter Kellner ist ein bescheidener Dieb. Manchmal müssen Kellner ein bisschen klauen, dagegen sollte niemand etwas haben. Die fleißigsten Kellner sind die mit dem schlechtesten Gewissen, aber Robert übertrieb es.

Er hatte nicht verstanden, dass es Regeln in einer Bar gibt. Es gibt Hierarchien, es gibt oben und unten. Gerade was das Geld anging. Im »Cindy liebt mich nicht« war oben Rainer. Er war der Chef, er musste nichts klauen. In der Mitte war ich. Barkeeper mit Erfahrung sind teuer, sie verdienen nicht schlecht, dafür klauen sie wenig. Unten sind die Kellner. Ein Kellner darf Cola, Wasser und die Säfte machen, Kaffee nur, wenn viel los war, und Cocktails auf keinen Fall. Der Kellner verdient am wenigsten, aber er hat das Kellner-Portemonnaie, mit dem er auf der Toilette verschwinden kann.

»Gib ihnen das Portemonnaie, und sie machen dich arm«, hatte Rainer mal gesagt.

»Karpuz, lecker, lecker karpuz!«

Herr Albayrak wiederholte den Satz immer wieder. Ich versuchte, im Rhythmus seiner Worte zu atmen. Mir fiel auf, dass seine Pausen immer gleich lang waren. Ich konzentrierte mich auf seine Stimme und merkte, dass sich nach einer Weile der Klang veränderte. Ich konnte etwas anderes hören, ein anderes Wort, so wie man früher als Kind in einer Mustertapete alles hatte erkennen können, was man wollte. Er betonte die erste Silbe von karpuz lang, die zweite kurz. Ein Engländer hätte car-piece verstanden, Auto-Stück, oder carpiss, Auto-Pisse.

Ich schloss die Augen und stellte mir Herrn Albayrak im Kittel vor, wie er vor meinem Fenster schrie, immer wieder schrie, dann meine Straße, das kleine Geschäft, eine Melonenauslage, schließlich wieder Herr Albayrak, der »lecker, lecker Autopisse« brüllte.

Irgendwann schlief ich ein.

Gegen drei Uhr hatte Herr Albayrak aufgehört. Ich ging ins Bad, duschte und machte Liegestützen. Mein Bad war klein, ich konnte die Übung nur machen, wenn ich mich schräg hinlegte und meine Füße in einen Unterschrank stellte. Jedes Mal, wenn ich Liegestütze machte und mein Kopf sich knapp neben der Kloschüssel hob und senkte, fragte ich mich, warum ich nie im Sitzen pinkelte. Bei der letzten Liegestütze brach ich zusammen, mir waren nicht annähernd so viele gelungen, wie ich mir vorgenommen hatte. Auf meiner Wange spürte ich die Kälte der Fliesen. Ich überlegte, ob ich noch zehn Wiederholungen machen sollte. Zehn waren nicht viel. Ich stieß mich kräftig ab, so schnell, dass ich mit dem Kopf an die Unterseite der Kloschüssel knallte. Ich legte mich auf den Boden. Der Schmerz zog sich langsam über den ganzen Kopf, ich musste an diese Computerkarten denken, auf denen man sah, wie sich ein Virus ausbreitete. Ich hatte Kopfschmerzen und lag auf dem Boden meines Badezimmers, in dem ich mich noch nie hingesetzt hatte, um zu pinkeln.

Ich war später bei einem Pärchen eingeladen. Die beiden kamen ein-, zweimal in der Woche in die Bar. Jule war sehr hübsch, sie trank Ipanema, einen Cocktail, von dem ich nicht viel hielt, weil er genauso aufwändig war wie ein Caipirinha und kein bisschen glücklich machte. Statt Cachaça war Bitter Lemon drin, aber ich machte ihn ihr gern, weil ich sie bei der Bestellung »Girl of Ipanema« nennen konnte.

Ich wusste nicht, warum die beiden mich einluden. Das

fragte ich mich jedes Mal. Alle drei, vier Monate luden sie mich zum Abendessen ein. Es gab Pasta auf großen, weißen Tellern, Platzdeckchen in Erdtönen und das Problem, dass ich nicht wusste, was ich ein Pärchen fragen sollte. Ich konnte Paaren keine Fragen stellen. Es fiel mir schwer, ein Gespräch zu führen, in dem jemand aus einem »ich« ein »wir«, aus einem »mich« ein »uns« und aus einem »ich denke« ein »mein Freund sagt immer« gemacht hatte. Interessante Fragen kann man nur an eine Person richten, genauso wie man interessante Antworten nie von Gruppen bekommt. Aber das war kein Grund, nicht hinzugehen.

An meinen freien Tagen räumte ich erst die Wohnung auf, ging dann laufen, nachmittags ins Kino und abends überlegte ich, ob ich in der Bar vorbeischauen sollte, was ich jedoch nie tat, weil Barkeeper, die an ihrem einzigen freien Tag in der Bar vorbeischauen, eingestehen, dass sie die einsamsten Menschen der Welt sind.

Wenn ich mir einen freien Tag wünschen könnte, müsste er damit beginnen, dass Herr Albayrak heiser war. Ich würde spät aufwachen, und Rainer käme zu Besuch. Er hätte Brötchen dabei und Aufschnitt. Wir würden bis Mittag reden. Etwas später, am Nachmittag, würde ich die Nummer eines Mädchens wählen, das ich in der Bar angesprochen hatte. Wir würden ausgehen, sie würde beim Abendessen mehr als ich essen und sie würde nicht fragen, ob ich immer nur Barmann sein wollte, sondern mir erzählen, dass sie Fußballspiele mit drei Spitzen und Cocktails ohne Sahne mochte. Wir würden miteinander schlafen. Am Morgen verspräche sie mir, sich bald zu melden, und wir wüssten beide, dass es eine Lüge war.

Meine Kopfschmerzen wurden besser. Ich ging in mein Zimmer, zog mich an und verließ die Wohnung. Herr Albayrak stand in seinem Laden und bediente eine Kundin. Ich grüßte beim Vorbeigehen, und er winkte mir zu. Jedes Mal, wenn er mich sah, lächelte er und schüttelte den Kopf. Vielleicht würde er mir irgendwann sagen, warum.

Zum Frühstücken ging ich in ein Café, nicht weit von meiner Wohnung, in dem ein älterer Herr bediente. Man konnte nicht sagen, dass er freundlich war, er war auch nie gut oder schlecht gelaunt. Er hatte keine Laune. Wenn ich reinkam, brachte er mir einen Kaffee und die Zeitung und ging wieder Gläser polieren. Er war schnell und redete nicht viel.

Es gab Tage, an denen ich noch im Bett lag und mich darauf freute, dem alten Mann dabei zuzusehen, wie er einen Milchkaffee zubereitete. Er machte keine Bewegung zu viel, keine zu wenig, alles passte zusammen, griff ineinander, ergab sich. Er machte nur einen Milchkaffee, aber ich fand, dass es nur wenige Dinge gab, die mehr Würde und Charme hatten, als diesem Mann bei der Arbeit zuzusehen.

Er nahm die Bohnen aus der Packung und mahlte sie. Die Milch machte er mit der Dampfdüse heiß. Ein zweiter Metallbecher war nur für den Milchschaum. Der Schaum wurde fest und zart, wie geschlagenes Eiweiß. Der Kaffee lief in die vorgewärmte Tasse und bildete eine dicke goldene Creme. Dann kippte er die Milch sehr langsam darüber, bestreute sie mit etwas Zimt und legte ein Amarettini auf den Löffel. Das Ganze brachte er mir auf einem Tablett. Er stellte aber niemals einfach nur die Tasse hin, er drehte immer erst den Henkel nach rechts, so dass ich sie leichter greifen konnte. Einem Linkshänder hätte er sie andersherum hingestellt. Wenn ich ein Wasser bestellte, brachte er mir die ungeöffnete Flasche an meinen Tisch, machte sie vor mir auf, schenkte ein und stellte sie mit dem Etikett in meine Richtung ab.

Das Café, in dem er arbeitete, war schlicht. Man konnte am Tresen nicht sitzen, in den Ecken standen Topfpflanzen, und die Stühle waren aus hellem Holz. Morgens lief das Radio, hätte die evangelische Kirche ein Café einrichten müssen, hätte es ungefähr so ausgesehen, es verdiente so einen guten Mann nicht. Ich ging seinetwegen hin. Ich hätte ihn sofort eingestellt, auch wenn er über sechzig war. Es gab nur wenige alte Kellner in der Stadt, vermutlich hatte sie jemand zusammen mit dem Eierlikör und den Kaffeekännchen aussortiert.

Den Rest des Tages machte ich nichts. Ich wartete, dass es acht Uhr wurde, damit ich zu Jule und Roman fahren konnte. Mit ihr verstand ich mich besser als mit ihm. Rainer glaubte, dass sie eine dieser Frauen sei, die nur deshalb mit einem Mann zusammen waren, weil sie sich weiterentwickeln wollten.

»Sie könnte einfach ein paar Filme von Godard gucken und Wittgenstein lesen, aber nein, ihre Ernsthaftigkeit zeigt sie, indem sie einen Langweiler liebt«, sagte Rainer. Ich war mir sicher, dass sie ihm gefiel.

Rainer sprach keine Frauen in der Bar an, zu schäbig, wie er sagte. Ich tat es manchmal. Wenn andere Menschen arbeiteten, lag ich im Bett und schlief, wenn sie von der Arbeit kamen, trank ich meinen ersten Kaffee beim alten Mann, ich hätte nicht gewusst, wann ich sonst Frauen kennen lernen sollte. Außerdem war es einfach. Frauen, die sich an den Tresen setzten, hatten selten etwas dagegen, wenn man sie ansprach. An den Tischen war das etwas anderes. Da wollten sie ihre Ruhe haben, aber auch das ging. Der Vorteil an der Bar war, dass die Frauen zu einem kamen, dass man sie nicht suchen musste, sie waren einfach da, was zur gleichen Zeit aber auch der Nachteil war. Nachdem es geendet hatte, saßen sie lange auf der grünen Bank, bestellten bei Robert und sagten nichts. Manchmal bildete sich zwischen ihren Augen eine kleine Falte.

Zu Roman und Jule fuhr ich mit der S-Bahn. Sie wohnten nicht weit von der Bar.

Jule begrüßte die Bekannte ihres Freundes mit zwei Küssen, mich nur mit einem, und ich bildete mir ein, dass ein Kuss besser war als zwei. Roman gab mir die Hand und bedankte sich für die Flasche Wein. Es war sicher nicht seine Idee gewesen, mich einzuladen.

Während des Essens sagte ich nichts. Ich trank die Flasche Rotwein, die ich mitgebracht hatte, und hörte den anderen zu. Sie redeten über Prüfungen, Vorlesungen und Mensaessen, sie waren alle fast fertig mit ihrem Studium. Einer erzählte, dass ein Professor einer Studentin angeboten hatte, ihre Zensur um eine volle Note zu verbessern, falls sie ihm ihren Busen zeigte. Man sollte sich das mal vorstellen, sagte ein anderer, der noch etwas Parmesan am Mund hatte, und ich zweifelte nicht daran, dass er das schon getan hatte. Roman sagte, dass es typisch sei, wieder mal typisch, für die verrohte Gesellschaft, typisch für die Universität, für das ganze verdammte Land. Man hätte den Professor zur Verantwortung ziehen sollen, ihn verklagen und suspendieren. Und keine Pensionsansprüche, sagte er.

»Hat sie es getan?«, fragte ich. Es waren die ersten Worte, die ich sagte, seit wir am Tisch saßen.

»Was?«

»Den Busen, hat sie ihm den Busen gezeigt?«

»Natürlich nicht.«

Ich schaute Jule an.

»Würdest du deinem Professor deinen Busen für eine bessere Note zeigen?«

Die anderen schauten mich an.

»Das kommt aufs Fach an. Haupt- oder Grundstudium, Proseminar oder Examensprüfung. Die Sache ist nicht so einfach.«

Ich schenkte mir noch den Rest des Weines ein und prostete ihr zu.

Die anderen am Tisch begannen, sich wieder zu unterhalten. Roman schien sauer zu sein. Ich konnte das verstehen, ich hatte über keinen seiner Witze gelacht, ich saß in seiner Küche, aß seine Nudeln und schaute seiner Freundin in die Augen, so lange, bis sie es merkte.

Das hatte er davon, mich einzuladen.

»Wollen wir Trivial spielen?«, fragte er plötzlich.

Roman war Lehrer, ich Barmann. Er durfte die Waffen wählen, wir spielten Trivial Pursuit. Er hoffte wahrscheinlich, dass ich mich beim Trivial blamierte. Seine Laune schien sich zu bessern.

In der Schule hatten wir das »Pimmel-Olympiade« genannt. Jedes Mal, wenn einer aus der Klasse ein Problem mit jemandem hatte, traf man sich in der großen Pause in den Toiletten zur Olympiade. Es war ein einfaches Prinzip. Fair und sauber. Es gab zwei Schiedsrichter. Beide bekamen ein Geo-Dreieck. Die beiden Hitzköpfe ließen die Hosen runter und stellten sich voreinander hin. Der Wettkampf begann. Man nahm seinen Schwanz an der Vorhaut und zog daran. Man musste es sehr langsam tun. Die Schiedsrichter mussten genug Zeit haben, das Geo-Dreieck anzulegen und die Länge durchzugeben, die man gerade erreicht hatte. Man durfte so fest ziehen, wie man wollte. Je fester man zog, desto höher war der Wert, den der Schiedsrichter durchgab. Zum Ende hin wurde die Länge in Millimeter-Schritten durchgegeben, und alle brüllten mit. Ich kann mich an nichts in meiner Kindheit erinnern, was mir mehr Schmerzen bereitet hat. Es ist ein zynisches Spiel, weil man die eigene Länge hört und dann die des anderen und weiß, dass man durch mehr Schmerz vielleicht noch den einen Millimeter für den Sieg rausholen kann. Es gab Jungs mit einem kleinen Schwanz, aber wenn sie bereit waren zu leiden, hatten auch sie eine Chance. Einer aus der Oberstufe erzählte uns, dass wenn man lange und kräftig an seinem Ding reibt, es größer würde. Ich machte es über Stunden. Es gibt nichts Bescheuerteres, als mit neun zu wichsen. Mein Schwanz wurde nicht groß, er wurde rot, später wund, und ich konnte ihn bald überhaupt nicht mehr anfassen. Zum Glück legte sich das irgendwann wieder mit den Olympiaden.

Ich las die Frage vor: »Wie heißt die frühere Präsidentin Javas, die Anfang der fünfziger Jahre eine Karriere als Schlangenfrau startete, bevor sie in den Untergrund ging und zum Symbol des Widerstands gegen die englische Besatzung wurde?«

Ich hätte Gertrude Stein gesagt.

Die Frage sollte aber nicht ich beantworten, sondern Roman. Wenn ich beim Trivial nach einer Frau gefragt wurde, die ich nicht kannte, sagte ich, weiß nicht, oder Gertrude Stein. Man musste es gut dosieren, aber nach einer Weile lachten die Leute. Gertrude Stein konnte einen ganzen Abend lang darüber hinwegtäuschen, dass man ein Ignorant war.

Roman aber machte die Show. Es fiel ihm schwer, zuzugeben, dass er die Frage nicht beantworten konnte. Je länger jemand studiert hat, desto peinlicher verhält er sich beim Trivial. Männer peinlicher als Frauen.

Er erklärte erst, wo Java liegt und dass es früher anders geheißen hatte. Dann zählte er Jeanne d'Arc, Sophie Scholl und Angela Davis auf, alles Freiheitskämpferinnen, sagte er. Außerdem kannte er noch den Freiheitskämpfer von Venezuela, Simón Bolivar – dass einer, der Bolivar hieß, Venezuela befreit hatte, war schon interessant. Er sagte einfach alles, was ihm zu dem Thema einfiel. Er hielt einen kleinen Vortrag, aber er sagte nicht den richtigen Namen. Schließlich wurde er still und überlegte. Alle waren ruhig, weil sie ihn nicht stören wollten. Das Schlimmste, was ich in dem Moment tun konnte, wäre gewesen, aufzustehen und auf Toilette zu gehen. Es wäre unhöflich gewesen, es bedeutete, dass ich nicht glaubte, eine

Antwort von ihm zu bekommen, dass ich seine Niederlage vorwegnahm, dass er mich nicht interessierte.

»Ich gehe mal kurz aufs Klo, ja?«

Ich stand auf und ärgerte mich beim Rausgehen, dass ich nicht sein Gesicht sehen würde, wenn er merkte, dass ich mir die Frage ausgedacht hatte.

Die beiden hatten eine schöne Wohnung. Die Zimmer hatte Jule mit alten Sachen vollgestellt, die sie auf Flohmärkten kaufte. In einer Ecke des Flurs stand eine Chaiselongue, auf der eine Bluse lag, eine helle Bluse, deren Farbe zur Lehne passte. Manchen Menschen gelang es, ihre Wohnung so einzurichten, dass alles ein wenig unordentlich aussah, aber wohlig, warm und benutzt, sie ließen genau die richtige Menge Dreck in ihr Leben. Wahrscheinlich machte das mehr Mühe, als alles wegzuräumen.

Am besten gefiel mir das kleine Zimmer ohne Fenster, neben der Toilette. Eigentlich war es nur eine etwas größere Kammer. An den Wänden standen bis zur Decke Regale. Auf dem Boden lag ein runder Sisalteppich, auf dem ein brauner Rattansessel stand. Daneben stapelten sich Bücher und Zeitungen. Eine silberne Stehleuchte beugte sich über den Sessel. Mir gefiel, dass in den Regalen keine Ordner waren, auch keine Bilder oder Figuren. Nur Bücher. Ich ging rein und konnte den Staub riechen, und als ich eine der Leuchten anknipste, konnte ich ihn im Lichtkegel auch sehen. Sie hatten ein Fernrohr in eine Ecke gestellt, es war aus Messing und erst vor kurzem poliert worden, ein poliertes Messing-Fernrohr in einem Zimmer ohne Fenster.

Ich stellte mich vor das Regal rechts neben der Tür und schaute mir die Bücher an.

Die meisten Bücher waren aus den Fünfzigern und Sechzigern, sie hatten sie von ihren Großeltern bekommen. Ich nahm ein Buch aus dem Regal. »Handbuch des Weltkommunismus« von 1956. Dafür, dass lauter Amerikaner es geschrieben hatten, war es recht dick. Daneben stand eine Biographie Kennedys, die vor seinem Tod erschienen sein musste. Einer seiner Mitarbeiter schrieb, dass Kennedy seine Notizen nicht wegwarf, weil er gehört hatte, dass bei einer Auktion zweihunderttausend Dollar für den Rohentwurf einer Roosevelt-Rede gezahlt worden waren. Ich ging mit dem Buch zum Sessel. Bevor ich mich setzte, zog ich mein Handy aus der Hose. Mir fiel ein kleiner, verknitterter Zettel heraus. Ich glättete ihn mit dem Daumen und sah die Nummer eines Mädchens, das ich vor ein paar Wochen im »Cindy« kennen gelernt hatte. Ich konnte mich nicht mehr an ihr Gesicht erinnern, aber ich wusste noch, dass sie dunkle Haare hatte und Bier trank. Ich konnte mir Bestellungen meist besser merken als Gesichter.

Ich wählte die Nummer, es klingelte ein paarmal. Nach einer Weile sprang der Anrufbeantworter an. Maria sei nicht da, sagte eine Stimme, man solle eine Nachricht hinterlassen. Ich sprach ihr aufs Band.

8

Ich wollte mit jemandem reden. Ich verabredete mich mit Jan im Lustgarten. Er kam mit der Rikscha. Ich mit dem Bus.

Wir saßen auf der breiten Treppe des Museums, der Fluss roch modrig, auf dem Rasen spielten ein paar Jungs mit einer Frisbeescheibe, der Palast der Republik lag rostig in der Sonne und sah älter aus als der Dom.

Früher hatte ich mich manchmal gefragt, warum dieser Platz Lustgarten hieß. Es war ein komischer Name, er machte keinen Sinn. Ein Garten hatte nichts mit Lust zu tun. Ein Garten war ein Ort, an dem mein Vater mit einer alten Stoffhose, einem fleckigen Kittel und einem Hut bekleidet, der so aussah wie der, den Helmut Schmidt immer trug, Pferdemist in die Erde grub, Bohnen pflanzte und Rhabarber schnitt. Ein Ort voller Mücken und einem trägen Sprenger, der das Wasser in immer gleichen Schwüngen nach rechts und links verteilte, ein Ort, an dem mein Vater sagte, dass das alles Wahnsinn sei, diese ganze Plackerei, und dann hängte er eine Gardine über den Kirschbaum wegen der Stare.

Jan rauchte. Selbst gedrehte, dünne Zigaretten. Er zog langsam, atmete tief und schaute dem Rauch hinterher.

»Warm heute«, sagte er.

»Ja, warm«, sagte ich.

Vielleicht war es keine gute Idee gewesen. Ich wusste nicht mehr, was ich Jan eigentlich erzählen sollte. Eine Woche lang war gar nichts passiert. Ich war ins Gericht gegangen, ich hatte ein paar Freunde getroffen. Maria hatte nicht angerufen, ich drehte alles hin und her, ich wollte darüber reden, aber jetzt hatte ich das Gefühl, dass die Geschichte nur kleiner wurde, wenn ich sie erzählte.

Letztendlich erwartet man in solchen Momenten nichts weiter als Bestätigung. Jemand soll dir sagen, dass du ein feiner Kerl bist, dass sie großes Glück hatte, dich getroffen zu haben, und wenn sie das nicht begreift, dann ist sie es sowieso nicht wert. Er soll sagen, dass alles ganz wunderbar läuft und dem normalen Ablauf der Dinge entspricht, dass es ein Zeichen großer Liebe ist, wenn sie sich nicht meldet. Er soll Dinge erzählen, die vielleicht nicht stimmen, aber an die man glauben kann, kleine, schöne, warme Lügen, und am Ende fühlt man sich dann besser, weil auch Lügen einen Funken Wahrheit enthalten können.

Jan drückte die Zigarette auf dem Steinboden der Treppe aus. Er machte das behutsam, er tupfte wie mit einem kleinen Pinsel, und dann holte er ein Päckchen Tabak aus der Hosentasche, die weißen, dünnen Blättchen und drehte sich die nächste. Er trug kurze Hosen und Sandalen. Ich trug einen dunkelgrauen Anzug und polierte Schuhe. Wir sahen nicht aus, als würden wir zusammenwohnen.

»Hab Judith getroffen«, sagte Jan.

»Schönen Gruß.«

»Und?«

»Sah gut aus. Sie hat uns zu ihrer Party eingeladen.«

»Hat sie erzählt, was sie macht?«

»Heiraten.«

»Ihn?«

»Wahrscheinlich, hab sie nicht weiter gefragt.«

Er legte den Kopf in den Nacken und blinzelte in die Sonne. Jan erinnerte mich immer an Johnny Weismüller. Er war groß, blond und sah irgendwie gesund aus. Er redete wenig und studierte Physik. Im Winter fuhr er an einen zugefrorenen See, hackte ein Loch hinein, stellte einen Campinghocker auf, zog seine Angel aus einem alten Stoffetui und wartete, dass unter dem Eis etwas passierte. Seine Freundin war Norwegerin und studierte in Oslo. Nach dem Studium wollte er zu ihr ziehen, und wahrscheinlich war Norwegen auch ein gutes Land für Physiker. Im Frühjahr und Sommer fuhr Jan Fahrradrikscha, immer nach der Uni. Es sei ein Job ohne Büro, sagte er. Und keiner geht dir auf den Sack. Das sei überhaupt das Wichtigste im Leben. Dass dir keiner auf den Sack geht.

»Wie lange ist das jetzt her zwischen euch?«

»Drei Jahre.«

»Drei Jahre sind lange.«

Seine Stimme brummte. Jan redete, als würde er kauen.

»Hättest nicht Schluss machen sollen. Sie ist okay.«

»Ich habe nicht Schluss gemacht, falls du dich erinnerst.«

»Wie auch immer. Ich mag sie.«

Drei Jahre waren nicht lange. Drei Jahre waren nichts. Wenn ich überlegte, was ich in den letzten drei Jahren gemacht hatte, fiel mir wenig ein. Ich hatte studiert und war nach Spanien gefahren und hatte mir in Sevilla einen Stierkampf angesehen. Ich hatte ein paar neue Hosen gekauft, und an jedem ersten Weihnachtsfeiertag einen Teil vom Herrn der Ringe gesehen. Meine Haare waren wieder länger geworden, ich aß weniger Wurst und mehr Käse. Mein Bett war kaputtgegangen, der eine Sommer war kühl gewesen, der andere heiß, das Haus gegenüber war plötzlich gelb, ich ließ mir einen Weisheitszahn ziehen, was weniger wehtat, als ich gedacht hatte. In der Kfz-Versicherung erreichte ich eine niedrigere Schadensklasse. Ich kaufte mir eine orange Vase und einen schwarzen Anrufbeantworter. Beides brauchte ich nicht. Es war erstaunlich, wie wenig in drei Jahren passieren konnte, wenn man sich nicht darum kümmerte. Ich wollte eigentlich irgendwo ankommen. Etwas finden, das bleibt. Manchmal ging ich fast schon los, aber dann wurde es plötzlich Herbst, und ich drehte die Heizung auf.

Natürlich hatte ich mir die Frage gestellt, ob es mit Judith anders gewesen wäre, ohne diesen riesigen Haufen Zeit, den ich einfach nur weggeatmet hatte, vor dem Fernseher, an der

Uni, im Gericht, auf Reisen an Orte, die mich nicht interessierten, aber reisen sollte interessant sein, also reiste ich. Ich hatte mich gefragt, ob ich damals ein Idiot gewesen war, und die Antwort lautete immer ja und nein, und eigentlich erzählte das die ganze Geschichte. Du wartest darauf, dass dein Leben endlich losgeht, hatte Judith gesagt, und ich hatte geantwortet, dass ich nicht wüsste, was sie meint, aber ich wusste, was sie meint. Wir hatten uns nach der Trennung nie gesehen, und ich hatte es auch nie gewollt. Ich wollte nicht lange über sie nachdenken, weil sie mir vor Augen führte, dass etwas falsch lief. Dabei hatte ich sie nie geliebt. Nicht einen Tag.

Wir saßen eine Weile einfach so da, es war wunderbar warm, Jan rauchte und ich guckte den Jungs mit der Frisbeescheibe zu.

Jan würde noch den ganzen Abend rauchen, während er Unter den Linden darauf wartete, dass Leute ihn ranwinkten, sich umständlich auf die beiden engen Plätze in seinem Rücken setzten, vier Euro für den ersten Kilometer bezahlten und zwei für die restlichen, dass sie ihm ein Trinkgeld gaben, aus Höflichkeit und schlechtem Gewissen. Ein Rikschafahrer arbeitet mit seinen Beinen und seiner Lunge. Er schwitzt, man sitzt hinter ihm, sieht die Anstrengung und will sich leichter machen, luftiger, und am Ende gibt man ein Trinkgeld, weil man nicht leichter wurde. Jan wartete auf Touristen, nur Touristen fuhren in einer Rikscha. Berlin ist nicht Bangkok. Sie hielten dann ihre Digitalkameras wie Messgeräte aus der Rikscha, sie filmten die vorbeiziehenden Menschen, die Bäume, Ampelanlagen und Imbissbuden, es war schwer zu sagen, was ein Tourist filmte, und noch schwieriger war es zu sagen, warum. Sie hielten die Kamera am ausgestreckten Arm vor das Gesicht, sie rückten eng aneinander, küssten sich mit spitzem Mund, und nach dem Urlaub sahen sie sich ihren Film auf dem Fernseher an. Jan filmten sie auch. Er war der Rikschafahrer, eine Erinnerung. Den Gedanken findet er komisch, sagte Jan. Den Gedanken, dass irgendwo in Tokio, Boston und Tel Aviv Leute vor dem Fernseher saßen und sein Bild anschauten.

»Also, was ist jetzt mit dieser Frau? Erzähl schon.«

»Wie lange brauchst du bis nach Lichtenberg?«, fragte ich.

»Mit der Rikscha? Zu lange.«

»Dann lass mich fahren.«

»Was hilft mir das? Du steigst zu Hause aus, und ich muss die Strecke wieder zurück.«

»Aber ich würde dich an deinen Kollegen vorbeifahren, und du wärst so was wie ein Held. Ein Rikschafahrer, der hinten sitzt, überleg mal. Du könntest sogar erzählen, dass ich dafür bezahlt habe, dich durch die Stadt zu kutschieren.«

»Na ja, übertreib nicht.«

»Also fahren wir?«

»Du fährst. Ich mach gar nix. Wir drehen eine Ehrenrunde, vorbei an den lieben Kollegen. Und du erzählst mir endlich, was mit dieser Frau ist.«

Jan verstellte den Sattel, meine Beine waren kürzer als seine. Er sagte etwas von Nabenschaltung, dem Einsatz der Klingel und dem Wendekreis, ich nickte.

Wir fuhren Unter den Linden entlang, und Jan saß lässig auf der Rückbank. Wir kamen an anderen Rikschas vorbei, die am Straßenrand warteten, Jan genoss die Blicke und grinste. Am Anfang störten mich die hupenden Autos, ich lenkte zittrig, verglichen mit einem Fahrrad war die Rikscha ein Bus. Auf der Karl-Marx-Allee zog ich mein Jackett aus. Der Fahrtwind kühlte, ich trat schneller, mein Herz pumpte. Ich spürte die Hitze eines vorbeifahrenden Lasters im Gesicht. Jan sagte etwas, aber ich verstand ihn nicht. Ich konzentrierte mich auf die Bodenwellen und Löcher im Asphalt, wenn man sie vergaß, gab es einen Schlag zwischen die Beine, man wusste dann genau, wo der Hoden saß. Jan brüllte. Wahrscheinlich wollte er mir irgendwas erzählen, vom Einsatz der Nabenschaltung und der Klingel. Es interessierte mich nicht. Ich war jetzt Rikschafahrer. Wahrscheinlich der erste Rikschafahrer Berlins auf dem Weg nach Lichtenberg, einem Stadtteil ohne Touristen. Morgen würden meine Oberschenkel brennen, ich fuhr zu schnell, aber irgendwie war es ein gutes Gefühl, in dieser Kiste zu sitzen. Ich blockierte die rechte Spur, niemand konnte etwas dagegen tun.

Jan beugte sich vor, sein Atem wischte über mein Ohr.

»Hey, ich habe dich was gefragt. Hundert Mal schon.«

»Tut mir Leid, aber ich hab nichts gehört.«

»Waaas?«

»Nix gehört!«

»Was ist jetzt mit dieser Frau?«

»Frau?«

»Du weißt schon, Maria.«

»Erzähle ich dir später mal.«

»Waaas?«

»Brüll nicht dauernd in mein Ohr! Ich habe gesagt, ich erzähle es dir später.«

»Ich habe jetzt aber Zeit.«

»Ich muss fahren.«

»Komm, erzähl schon.«

Und dann erzählte ich.

Ich erzählte, wie wir auf dem Balkon gestanden hatten und ich sie berühren wollte. Dass sie schmal war und keine Strümpfe trug. Ich erzählte von dem Hund, der aussah wie ein Fragezeichen, und Jan brüllte immer wieder »Waas?« in mein Ohr, und ich brüllte zurück, dass er nicht so brüllen soll, und erzählte weiter. Dass sie mir unantastbar erschien, traurig und schön, und ich an ihrem Ohr geleckt hatte, und Jan brüllte »Ooohr?«, und ich erzählte einfach weiter, die grünen Augen, die zerhackte Narbe, die schwarzen Haare. Ich erzählte noch, als wir schon über die Brücke fuhren, unter uns die Züge. Jan saß vornübergebeugt, die Straße brüllte, und ich brüllte auch, es war ein kompletter Unsinn, in einer Rikscha ein Gespräch zu führen. Ich bog in unsere Allee ein, und als ich fertig war mit Brüllen, sagte eine Weile keiner etwas. Vielleicht weil es plötzlich so still war.

»Bist du verliebt?«, fragte Jan.

Mein Hemd klebte, und ich schaute an einer Kastanie hoch, als führe sie irgendwohin.

9

Judith war nicht übermäßig hübsch gewesen, aber das war ich auch nicht. Wir hatten uns an der Uni kennen gelernt. Ich spürte ihre Blicke, während ein Dozent die Gebote des Römischen Rechts erklärte. Ehrenhaft leben, niemanden verletzen, jedem das seine gewähren. Sie beugte sich zu mir rüber, legte eine Hand an den Mund und flüsterte: »Du könntest mich fragen, ob ich morgen Abend Zeit habe.« Sie hatte blondes Haar und ein rundes, altmodisches Gesicht, das alles offen ließ. Mir gefielen zuerst ihre Zähne, dann gefiel mir, dass sie mit mir zusammen sein wollte. Sie war drei Jahre älter als ich, und wir studierten im gleichen Semester. Nach der Vorlesung, sie kramte ihre Sachen aus dem metallenen Kleiderfach, fragte ich Judith, ob sie morgen Abend Zeit hätte.

»Na also«, sagte sie.

Es war das Gleiche, was mein Vater gesagt hatte, nachdem ich meinen Eltern den Beschluss verkündete, Jura zu studieren. Ich hatte ein gutes Abitur gemacht, aber ich wusste nicht, was ich damit anfangen sollte. Ich fotografierte gerne. Mein Vater hatte sich irgendwann eine Kamera gekauft, und ich bekam seine alte zum Geburtstag geschenkt. Ich war vierzehn, und es war das wunderbarste Geschenk, das ich jemals bekommen habe. Die Kamera hatte keinen Blitz, keinen Motor, der den Film transportierte, es gab keine automatischen Einstellungen, es war überhaupt keine besondere Kamera, alter Schrott, sagten meine Freunde, aber ich hatte sie fast immer dabei.

»Na also, der Junge wird Jurist«, sagte mein Vater. »Wie Manfred Krug.« Er sah zufrieden aus, meine Mutter schrieb mir eine kleine Karte, die sie auf mein Kopfkissen legte wie eine Praline im Hotel und auf der ganz am Ende der Satz stand: »Viel Erfolg in deinem neuen Lebensabschnitt.« Ich glaube, sie waren erleichtert gewesen. Meine Mutter hatte meine Kindheit hindurch geseufzt, ich wäre ein seltsamer Junge. Sie seufzte auf der Straße, im Lebensmittelgeschäft oder auf Familienfeiern, mein Vater sagte, ich solle nicht immer nur lesen, zu viel lesen mache blöd, weil irgendwann zu viele Buchstaben im Kopf seien, die alles verstopfen würden. In der Schule hatte ich Freunde, ich konnte mit Mädchen sprechen, ohne rot zu werden, aber am Nachmittag blieb ich lieber für mich. Ich verspürte kein Bedürfnis, mit jemandem über das zu reden, was ich las, sah oder fotografierte.

Mein Vater kaufte mir einen neuen Schreibtischstuhl, weil Studieren Lernen und Lernen Sitzen bedeutet. Ein teures Ding, ergonomisch geformt und gepolstert, mit tausend Hebeln zum Einstellen und Anpassen, der Stuhl hockte vor meinem Tisch wie ein großes, schwarzes Monster. Mein Vater ist frühpensioniert. Er hatte die letzten Jahre als Prüf-Ingenieur beim TÜV gearbeitet, er war herumgefahren und hatte Fahrstühle überprüft. Mit Stühlen kannte er sich aus.

Von Jura hatte ich keine Ahnung, ich kannte keinen Juristen. Ich wusste das, was alle wissen, die Fernsehen gucken, und ich ahnte, dass es anders läuft als bei Liebling Kreuzberg. Das Gute ist, man fängt bei null an. Man ist eine komplett leere Festplatte, die im Studium neu beladen wird, und ich hatte das beruhigende Gefühl, etwas Sinnvolles zu tun. Jurist war ein anerkannter Beruf. Man konnte Geld verdienen, im Fernsehen sah es nicht langweilig aus, und das war mehr, als andere Studienfächer zu bieten hatten. Jura hatte etwas Realistisches. Auch als mittelmäßiger Jurist konnte man leben, die meisten Juristen waren mittelmäßig.

Ich fuhr jeden Tag durch die Stadt zur Uni. Eine Stunde hin, eine zurück. Jura fiel mir leicht, ich war schnell einer der Besten im Semester, ohne dass ich mich besonders anstrengte.

Judith war enthusiastisch, aber sie hatte die schlechteren Noten. Sie wollte schon immer Rechtsanwältin werden, sie hatte die Fähigkeit, Partei zu ergreifen, und konnte sich über eine ihrer Ansicht nach ungerechte und lebensfremde Rechtsprechung so lange aufregen, bis ihr Hals fleckig war. Ich sagte, dass man es ja nun aber nicht ändern könne. Jura war eine Sache, die kaum Emotionen bei mir auslöste. Alles passierte im Kopf, den Sachverhalt zerlegen, die Argumentationsketten aufbauen. Es war ein kühles Abwägen, und mehr machte ich auch nicht. Ich hatte keine Pläne, mit dem Referendariat würde ich mindestens sieben Jahre brauchen, und der Gedanke gefiel mir. Vielleicht würde ich bei Judiths Vater einsteigen. Er sprach oft davon, und Judith hätte es gefallen. Wir können ein Anwaltsehepaar werden, sagte sie, und es klang wie das große Los.

Ihr Vater hatte eine verrumpelte Kanzlei in Charlottenburg. Er lief gerne auf Strümpfen über das Parkett, unter seinem Schreibtisch stand eine Fußbank. Er trug keinen Schlips, kein Jackett, sein Bauch wälzte sich über eine helle Stoffhose, und wenn ein Mandant komisch guckte, sagte er: Was wollen Sie? Einen Killer? Oder einen Dressman?

Wenn wir uns sahen, schlug er mir mit der Hand auf den Rücken, im Garten räucherte er Forellen in einem alten, umgebauten Badeofen und war stolz auf sein Notariat. Man liest Dinge vor, die die Leute nicht verstehen, stempelt sie ab und bekommt einen Haufen Geld dafür. Eine hervorragende Erfindung, sagte er, und ich hatte Forelle im Mund und nickte.

Judith war biegsam. Sie passte überall hin. Judith kannte viele Leute, und ich fand es angenehm, mich nicht darum kümmern zu müssen. Sie wohnte wie ich in einer WG, aber wir sahen uns fast jeden Tag. Wir fuhren mit ihrem silbernen Golf zur Uni, trafen uns in der Mensa oder in der Bibliothek. Sie kam überallhin mit, wo ich hingehen wollte, in ein Konzert, eine Ausstellung, in eine Stadt, und sagte hinterher, dass es ihr gefallen habe. Sie hörte die Musik, die ich hörte, sie las die Bücher, die ich las, sie schaute sich meine Fotos an und sagte, dass sie ganz wunderbar seien. So wie alle meine Fotos immer ganz wunderbar seien.

Im Urlaub fuhren wir irgendwohin, wo sie tauchen konnte. Sie wollte ein Hobby haben, jeder Mensch hat doch ein Hobby, sagte sie und entschied sich zu tauchen. Ich schnorchelte, Tauchen war nichts für mich. Ich bekam Angst in der Tiefe. Mein Atmen wurde hastig, die ganzen bunten Fische, die Korallen, die Sonnenstrahlen, die durch die Wasseroberfläche schimmerten, es war mir alles egal. Ich wollte raus. Es war dort unten so ruhig wie in meiner Dunkelkammer, aber ich war abhängig von einem Schlauch, einer Luftflasche und der Laune der Haie und Moränen. Alles war weit und grenzenlos und voller Wasser. Ich schnorchelte im flachen Meer oder legte mich auf die Luftmatratze und las. Jedes Jahr fuhren wir zweimal ans Meer, an irgendein Korallenriff. Manchmal hatte ich Sehnsucht nach den Bergen oder einer Wüste, aber Judith sah glücklich aus, und ich sagte nie etwas. Wir aßen abends Fisch. Wir fuhren nach Hause und waren braun. In den Hosentaschen lag weißer Sand.

Judith erzählte gerne. Was ich an Worten sparte, gab sie aus. Sie lachte schnell, jemand brauchte nur ein Loch im Strumpf zu haben und sie lachte. Manchmal, wenn ich schwieg oder irgendwohin starrte, wo nichts war, gab sie mir einen Kuss und sagte: »Komm schon, du hast doch was.«

»Ich habe nichts«, sagte ich.

»Doch, ich glaube, du willst mir was sagen.«

»Nein, ich habe nachgedacht, einfach so.«

»Worüber hast du nachgedacht, mein Schatz?«

»Über nichts eigentlich. Waren nur so Gedanken.«

»Du lässt mich einfach nicht in deinen Kopf. Einen Teil von dir hältst du immer zurück«, sagte sie und guckte enttäuscht.

»Nein«, sagte ich. »In meinem Kopf schwirrt bloß dummes Zeugs rum, es ist alles nicht wichtig. Nur du bist wichtig.«

Ich wich aus, wie immer, und Judith ließ mich ausweichen, wie immer.

Mit den Leuten an der Uni kam ich gut aus, aber ich verstand ihren Wunsch nach Erwachsensein nicht. Sie bemühten sich, älter zu wirken. Sie trugen hellblaue Hemden, die Ledersohlen ihrer Schuhe knallten auf den Gängen. Anfangs war ich der Einzige, der keine gerade geschnittene Jacke mit grüner Wachsbeschichtung trug, aber ich rüstete nach, auch wenn ich bis heute nicht weiß, worauf sich die besondere Liebe von Jurastudenten zur Barbour-Jacke begründet. Jan sagte, ich sehe aus wie ein englischer Landschaftsgärtner, aber ich kaufte mir auch noch ihre Cordhosen. Ich trug bald wie sie ein gemustertes Seidentuch, für den Sommer hatte ich eine beige, trenchcoatartige Jacke, ich trug hin und wieder eine Baseballmütze als lockeres Element, und unter meinem Arm klemmte eine braune Ledertasche, die unpraktischer war als der alte Rucksack, aber teurer. Judith gefiel es. Jeder Berufsstand habe nun einmal seine Mode, sagte sie.

Meine Kommilitonen kauften dicke, rote Gesetzessammlungen, die beeindruckend aussahen, sie abonnierten juristische Zeitungen, bewarben sich für Praktika in Kanzleien, die ich nicht kannte, sie wussten, dass man mit Steuerrecht gute Chancen hatte, und hielten sich daran, auch wenn sie es öde fanden. Sie hatten eine Sicherheit, die mich beeindruckte. Sie waren eloquent, sie beherrschten zwei Fremdsprachen und die richtigen Gesten. Vermutlich interessierten sie sich auch nicht für die Theorien über die Verböserung eines Verwaltungsaktes, aber sie diskutierten lange darüber, und ich diskutierte mit.

Ich war wie sie.

Meine Noten wurden noch besser, und zwei Professoren boten mir Stellen als wissenschaftlicher Mitarbeiter an. Das sei eine große Chance, sagte Judith. Sie wäre glücklich, wenn sie meine Fähigkeiten hätte.

Ich hatte wenig Lust auf das wissenschaftliche Arbeiten und sagte, dann bliebe mir noch weniger Zeit für sie.

»Du meinst für uns«, sagte Judith.

Es war ihr immer wichtig, dass ich im Plural sprach. »Paare bestehen aus zwei Personen, es ist doch so einfach, Schatz.« Und das ist es natürlich auch, vorausgesetzt, man vergisst es nicht.

Judith bekam eine Zusage für ein halbjähriges Praktikum bei einer großen Kanzlei in Hamburg, die sich mit Europarecht beschäftigte. Sie wollte sich gerne in diese Richtung spezialisieren. »Europa wird in den nächsten Jahren immer wichtiger werden«, sagte sie. »Was denkst du, Schatz?«

»Europa ist die Zukunft«, sagte ich.

»Bist du traurig, dass ich nach Hamburg gehe?«

»Ja, natürlich. Hamburg ist eine ganze Ecke weg.«

Sie überlegte eine Weile.

»Wenn ich zurückkomme, könnten wir zusammenziehen. In eine schöne, gemütliche Wohnung. Dad hat da Verbindungen zu einem Mandanten, der als Makler arbeitet.«

Sie nannte ihren Vater immer Dad. Sie zog das kurze Wort lang wie einen amerikanischen Kaugummi, und ich dachte an ihren Vater, der nicht nach Dad aussah, sondern nach Paps.

»Vielleicht sollten wir bis nach dem Examen warten.«

»Ich will aber nicht mehr warten.«

Ich wusste nie so richtig, warum, aber sie liebte mich. »Du kannst nichts dagegen tun, David, lass es einfach nur zu«, sagte sie mir einmal, noch nass vom Tauchen in irgendeinem Meer. Judith machte mich nicht unglücklich, nicht unruhig oder verlegen, und ich hasste es, wenn ich mich bei dem Gedanken ertappte, dass ich etwas vermisste. Vielleicht war es die Unabdingbarkeit. Es gab Augenblicke, in denen ich sie ansah, offen, ungeschützt, überwältigt, aber es blieben Augenblicke.

Judith war ein Kompromiss. So wie Jura ein Kompromiss war. Wie überhaupt die meisten Sachen in meinem Leben immer Kompromisse waren.

In Hamburg ging alles zu Ende. Ich besuchte sie, wir telefonierten häufig, aber ich merkte, wie sich mit der Zeit ihre Stimme veränderte. »Wir müssen reden«, sagte sie. Ich fuhr mit dem Zug, sie holte mich vom Bahnhof ab, das heißt, wir blieben gleich dort. Wir standen am Stehtisch einer Bäckerei, zwischen einem Nordsee-Imbiss und einem Hähnchen-Grill, sie sagte, dass sie so nicht weitermachen könne. Wir wären an einem Punkt angelangt, an dem sich nichts mehr bewegt.

Sie brauche ein Bekenntnis von mir.

Ich strich mit dem Zeigefinger die Füllung aus dem Stück Bienenstich heraus. Ich mag diese Creme nicht. Ein richtiger Bienenstich ist trocken, mit einer knusprigen Schicht aus gebackenen Mandelraspeln und Honig.

»Weißt du, was dein Problem ist?«

»Was ist mein Problem?«

»Du bist in deinem eigenen Kopf gefangen«, sagte Judith. »Du lässt niemanden richtig an dich ran, aus Angst, verletzt zu werden, oder was weiß ich. Man ist mit dir zusammen und bekommt irgendwann das Gefühl, dass du dich langweilst.«

Ich rührte in meinem Tee.

»Du riskierst nichts. Du baust dir eine Welt, von der du glaubst, dass sie dir nicht gefährlich werden kann. Mag sein, dass ich nicht viel besser bin, aber ich wette, du kannst noch nicht einmal die Frage beantworten, warum du überhaupt mit mir zusammen bist. Und das ist ein beschissenes Gefühl.«

Ich sagte nichts.

»Sag endlich was!«, schrie sie.

Es war das erste Mal, dass ich sie schreien hörte.

Ich griff nach ihrer Hand. Die Leute guckten.

Sie fing an zu weinen, und ich weinte auch, der ganze Bienenstich wurde nass.

»Ich habe jemanden kennen gelernt«, sagte Judith. »Ruf mich erst mal nicht an.« Sie stand auf und küsste mich auf die Haare.

Ich nahm den nächsten Zug nach Berlin.

10

»Meister, kann ich noch eins?«

Ich drehte mich um und sah, dass er mir das leere Bierglas entgegenhielt.

»Sie brauchen mich nicht Meister zu nennen, ich heiße Franz.«

»Kein Problem.«

»Ist kein Problem.«

»Ich heiße übrigens Bruno Zygalski.«

»Guten Tag, Herr Zygalski.«

»Nicht doch, ich bin nicht so fürs Elegante. Noch ein Pils für Bruno, ja?«

Ich zapfte das Bier und stellte es ihm hin. Es war sein drittes.

»Das waren keine sieben Minuten.«

»Vergessen Sie das mit den sieben Minuten, das Bier schmeckt frisch am besten.«

»Find ich auch.«

Ich sah, wie er sein Bier trank. Eigentlich trank er nicht, Zygalski goss seinen Hals, das konnten Trinker, Schlucken hielt auf, darum taten sie es nicht. Sie kippten das Bier einfach in den Mund. Man konnte das lernen, fing mit einem kleinen Bier an und steigerte sich langsam.

Er atmete nach dem Trinken laut aus, wischte sich mit dem Handrücken den Schaum von der Oberlippe, schaute sich ein wenig im »Cindy« um und sah zufrieden aus.

»Kann ich das Menü haben?«, fragte Zygalski.

Er sah nicht aus wie jemand, der Cocktails trank. Ich gab ihm die Karte, und er blätterte ein wenig in ihr. Die Kneipen, in die er sonst ging, hatten wahrscheinlich keine Karten.

Der Wirt, der Norbert oder Manfred hieß, aber von allen nur Keule gerufen wurde, stellte einfach das hin, was man immer trank. Die Flaschen mit dem Alkohol standen nicht im Regal, sondern hingen mit dem Hals nach unten über dem Tresen.

Zygalski hatte sich in der Bar vertan, vielleicht war er zu betrunken gewesen, um es zu merken, vielleicht hatte ihn sein alter Wirt hinausgeworfen, und er hatte nicht gewusst, wohin. Er würde das Bier wohl nicht bezahlen können. Es war noch früher Abend, es war der 1. Mai, und mein einziger Gast sah aus, als hätte er das mit dem Alkohol schon lange nicht mehr im Griff. Wahrscheinlich würde er mir bald einen Grund geben, ihn vor die Tür zu setzen. Manchen sah man es einfach an.

Er klappte die Karte zu und gab mir ein Zeichen.

»Wieso hat die Kneipe denn so 'nen Namen?«

»Hat sich mein Chef ausgedacht.«

»Ich war auch mal Chef, ist aber Scheiße, dann bin ich Laster nach Dresden gefahren, war aber auch Scheiße. Wer ist denn diese Cindy?«

»Seine Tante.«

»Seine Tante, aha, und die liebt ihn nicht, oder was?«

»Ist eine eiskalte Tante.«

»Kenn ich, kenn ich, ich hatte auch mal 'ne Tante. Mechthild, Schwester meiner Mutter. Hatte viele Kerle, rumgehurt vom Feinsten. Irgendwann hat sie 'nen Bäcker geheiratet. Hat mich nicht gewundert. Die macht für 'ne Schrippe die Beine breit, klar, heiratet die 'nen Bäcker. Jetzt ist sie tot. Krebs.«

»Tut mir Leid.«

»Ja, schlimm.«

Ich ging zur Spülmaschine und fing an, sie auszuräumen. Die Gläser waren heiß.

»Meister, hast du Asbach?«

»Nein.«

»Goldbrand?«

»Auch nicht.«

»Macht 'ne Kneipe auf und vergisst den Schnaps. Aber Bier, Bier haste doch noch? Mach mir mal eins, kommst ja aus der Übung.«

Ich nahm eine Tulpe und zapfte ihm das Bier. Er nahm es mir aus der Hand, bevor ich es auf den Bierdeckel stellen konnte. Während er trank, redete er wenigstens nicht.

Ich machte die Spülmaschine wieder zu und fing an, die Cocktail-Dekoration für den Abend vorzubereiten. »Mis en place« hatten wir es im Hotel genannt. Rainer nannte es Gedöns. Ich schnitt eine Ananas in Scheiben, viertelte sie und machte mit einem Zahnstocher eine Physalis oder eine Kirsche daran fest. Später schnitt ich noch einige Orangen, Limetten und Erdbeeren.

»Bist gut mit den Händen, was?«

»Möchtest du eine Orange?«

Ich hatte beschlossen, ihn zu duzen. Hauen Sie ab, würde ich ja nicht sagen, wenn ich ihn nachher rausschmiss.

»Nee, lieber 'n Bier.«

»Nach dem ist Schluss. Fünf reichen.«

»Klar, Meister. Schluss ist immer, immer ist irgendwo Schluss. Ich muss auch nach Hause. Denkst wohl, ich bleib hier? Nein, Meister, so toll ist es hier nicht. Gibt ja nicht mal Musik.«

Zygalski hatte Recht. Ich hatte schon mit Rainer telefoniert, der später seinen Verstärker von zu Hause mitbringen wollte. Der in der Bar schien kaputt zu sein.

Ich machte ihm das Bier und kam wieder nicht dazu, es ihm auf den Bierdeckel zu stellen. Er nahm es mir ab, trank in einem Zug aus und grinste mich an.

»Wie wär's mit der Rechnung?«, fragte ich.

»Nein, nur die Ruhe, hab noch Zeit.«

»Dachte ich mir.«

»Sag mal, gibt's hier keine Frauen?«

»Kein Asbach, kein Goldbrand, keine Frauen.«

»Solange Bier da ist.«

»'tschuldige, kein Bier hatte ich vergessen.«

Ich räumte die Deko in die Tupperware. Vielleicht hielt er das »Cindy liebt mich nicht« für ein Bordell. Ich wusste nicht, woran ich nach fünf Bier beim Namen »Cindy liebt mich nicht« gedacht hätte.

»Was war denn das für eine, diese Cindy?«

»Weiß ich nicht.«

»Amerikanerin, was? Cindy klingt amerikanisch. Ich hatte noch nie 'ne Amerikanerin. 'ne Polin, 'ne Tschechin, 'ne Rumänin, 'ne Russin, hab se alle gebumst. Im Osten bin ich durch, wurd Zeit, dass sie die Mauer öffnen. Was war denn das Weiteste bei dir?«

Ich kniete mich unter die Spüle, um ein paar unbenutzte Plastikschachteln zu holen. Als er merkte, dass ich ihm nicht antwortete, hakte er nach.

»Meister, sag schon, was war denn das Weiteste, was du genagelt hast?«

Ich würde ihm jetzt die Rechnung geben.

»Mich würde das auch interessieren.«

Die Frauenstimme kannte ich.

Ich zog den Kopf unter der Spüle hervor und blickte auf. Neben dem Spinner saß Maria.

Die beiden schauten zu mir runter.

»Frankfurt an der Oder«, sagte ich. »Ich hatte mal was mit einer aus Frankfurt an der Oder. Weiter bin ich nicht gekommen.«

»Würde ich als Polen durchgehen lassen«, sagte Zygalski.

»Ja, sehe ich ähnlich«, sagte Maria.

Ich stand auf und fuhr mir mit den Händen ein paarmal über die Schürze.

»Hallo, Maria, komm, wir setzen uns auf die Bank.«

Sie ging zwischen den Hockern entlang.

Zygalski schaute ihr nach und grinste.

»Wenn ich dir jetzt ein Bier ausgebe, bist du dann die nächste halbe Stunde ruhig?«

»Ehrensache, Meister.«

»Gut.«

Am Telefon hatte sie erst nach einer Weile »ja, gern« gesagt, als ich fragte, ob sie mit mir ausgehen wolle. Sie müsse viel arbeiten, habe wenig Zeit. Ich sagte, dass sie am Dienstag in der Bar vorbeikommen könne. Um sieben, da sei es noch ruhig. Ich würde ihr einen Milchkaffee ausgeben, und sie könnte mir Gesellschaft leisten. Nichts weiter, mehr ein Termin als eine Verabredung. Sie überlegte und irgendwann bekam ich ein »ja, gern«, das nach »warum nicht« klang.

Ich war froh, dass sie nicht fragte, warum ich mich bei ihr gemeldet hatte. Es war meist eine der ersten Fragen. Die Wahrheit lautete: Du bist attraktiv, ich habe deine Nummer, wenn ich die nicht wähle, werde ich nie mit dir schlafen. Zu Beginn die einzig aufrichtige Antwort auf eine naive Frage. Leider war Aufrichtigkeit ein Problem, sie stand im Weg, war so hilfreich wie Achselschweiß.

»Maria, was magst du trinken?«

»Einen Milchkaffee, bitte.«

Ich begann, ihr den Milchkaffee zu machen.

»Und das Pils?«

Zygalski beobachtete mich wie ein Hund, dem man gerade den Napf vorbereitete.

Ich stellte ihm das Bier hin und ging zu Maria. Solche ersten Gespräche liefen immer ähnlich ab. Man unterhielt sich eine Weile, so als wäre die Situation völlig normal. Zwei Menschen, die einfach etwas Zeit miteinander verbrachten, die redeten, die zuhörten und sich, während sie redeten und zuhörten, fragten, ob die Frisur noch saß, ob es einen schlechten Eindruck machen würde, wenn man das Bier aus der Flasche trank, ob man gerade eine Menge Zeit vergeudete. Es war ein Test, ein Mann und eine Frau, die Prüfling und Prüfer in einem waren. Bestand man, kam man in die nächste Runde, die Prüfungen wurden mit der Zeit leichter, irgendwann hörten sie ganz auf, und wenn die Ergebnisse gut waren, zog man zusammen, heiratete, bekam Kinder und merkte erst Jahre später, dass man den anderen hätte durchfallen lassen sollen.

Maria trug ein helles, schlichtes Kleid, das kleine Rüschen an den Ärmeln hatte. Ich fragte mich, ob sich die Männer nach ihr umdrehen würden. Sie war nicht sehr groß, hatte halblange, dunkle Haare und flache Schuhe, komische flache Schuhe. Als ich sie vor ein paar Wochen um ihre Nummer gebeten hatte, war sie meinem Blick nicht ausgewichen, sie hatte das völlig unangestrengt getan, so als wäre es normal, sich in die Augen zu schauen. Es hatte mir gefallen.

Ich setzte mich neben sie.

»Ein Freund von dir?«, flüsterte Maria.

»Er ist zum ersten Mal hier«, sagte ich, drehte mich in seine Richtung und rief, »und ich bin mir nicht sicher, ob er sein Bier bezahlen kann.«

Er hob das Glas und prostete mir zu.

»Sei nicht gemein.«

»Erkläre das später meinem Chef.«

»Er sieht nett aus.«

»Scheint ein Frauentyp zu sein. Vorhin hat er mir gesagt, dass er den halben Warschauer Pakt flachgelegt hat.«

»Ja, das habe ich mitbekommen.«

Maria löffelte den Schaum von ihrem Milchkaffee.

»Bist du gern Barmann?«

»Ich weiß nicht.«

»Bist du gut?«

»Okay. Es ist nicht so leicht zu merken, ob jemand gut oder schlecht ist. Du kannst fünfhundert Rezepte im Kopf haben und trotzdem erbärmlich sein.«

»Wie viele hast du im Kopf?«

»Ungefähr zweihundert.«

Das wollten immer alle wissen. Dabei bedeutete es nichts, außer dass man ein gutes Gedächtnis hatte und viel Zeit, den Unfug zu lernen.

»Du gibst zwei Leuten genau die gleichen Zutaten, das gleiche Eis, den gleichen Shaker, das gleiche Rezept und sagst ihnen, dass sie den Drink machen sollen. Du probierst ihn, und der eine schmeckt besser als der andere. Gut, ist vielleicht Zufall, denkst du und sagst ihnen, dass sie es noch mal machen sollen, und wieder ist es so. Irgendwann merkst du, dass der eine immer besser ist als der andere. Sie wissen beide nicht, woran das liegt, sie strengen sich gleich an, aber einer gewinnt. Es gibt keine Erklärung dafür.«

»Manchmal ist das so.«

»In meinem Fall ist es nicht wichtig. Die meisten Gäste würden es nicht merken, ob ich in einen Cocktail mehr Alkohol oder mehr Zitronensaft mache. Wenn er bitter ist, denken sie, er ist stärker und sind glücklich.«

»Meister, ich würd das ja so was von merken.«

Zygalski. Maria schaute zum Tresen und fing an zu lachen. Das leere Bier stand vor ihm. Er tat so, als würde er die Karte lesen, als hätte jemand anderes das gerade gesagt, jemand, der nicht mehr da ist.

»Hatten wir einen Deal, oder hatten wir keinen?«

»Wäre es möglich, noch ein Bier zu bekommen?«

»Ob es möglich wäre, das letzte Bier zu bekommen, wolltest du sagen?«

»Meister, meine Rede.«

Ich ging hinter den Tresen und machte ihm das Bier.
»Hör auf, uns zu belauschen.«
»Tu ich ja gar nicht.«

Ich ging zurück.
»Was machst du eigentlich?«
»Ich bin Krankenschwester.«
»Schwester Maria. Stimmt es, dass Männer größere Jammerlappen als Frauen sind?«
»Natürlich, größer als Kinder, als Jugendliche, ihr seid die Größten.«
Maria legte den Löffel auf die Untertasse und lehnte sich zurück. Ich sagte nichts.
»Hast du eine Freundin, Franz?«
»Nein.«
»Suchst du eine?«
»Weiß nicht.«
Natürlich wusste ich das. Ich suchte keine.

»Hey, ihr beiden.« Es war Rainer, er hatte den Verstärker unter den Arm geklemmt.
»Ich bin Rainer.«
»Das ist Maria«, sagte ich.
Die beiden gaben sich die Hand.
»Franz ist der beste Barmann, den ich …«
»… den er bezahlen kann«, unterbrach ich, »mach mal lieber die Musik flott. Irgendwas stimmt mit dem Lautstärkeregler nicht.«
»Kann der das Bier bezahlen?«, fragte Rainer und zeigte auf Zygalski. Er hatte sich mittlerweile eine Baseball-Mütze aus der Jackentasche gezogen. Auf der Stirnseite war die britische Fahne eingestickt, darunter stand: Bored of the Beckhams.
»Hätte ich ihn auf Verdacht rauswerfen sollen?«
»Sicher, warum nicht?«

»Weil es nicht mein Geld ist, das er gerade versäuft, sondern deines. Außerdem gefällt mir seine Kappe, und Maria findet ihn auch gut.«

»Ganz niedlich, ja.«

»Ach ja?«, sagte Rainer. »Na gut, ich geh mal kassieren und kümmere mich um die Musik. War nett, dich kennen gelernt zu haben, Maria.«

Rainer ging an die Bar, stellte den Verstärker auf den Tresen und nahm sich den Zettel, auf dem ich die Biere notiert hatte. Er tippte den Betrag ein und stellte Zygalski den Kassenbon hin. Der schaute etwas ängstlich.

»Was machst du jetzt?«, fragte ich Maria.

»Nichts, ich wollte noch eine Weile hier mit dir sitzen und dann nach Hause gehen.«

»Wollen wir woanders hingehen?«

»Musst du nicht arbeiten?«

»Hier wird's erst ab zehn voll. Rainer lässt mich bestimmt gehen.«

»Wenn du möchtest.«

»Ich möchte.«

Wir gingen aus dem »Cindy«. Maria hatte sich die Jeansjacke mit ausgefranstem Kragen angezogen. Es war kühl geworden.

»Gefällt dir der Frühling?«, fragte sie.

»Ist eine komische Zeit.«

»Mir gefällt er.«

Ich fand den Frühling seltsam. Ich hatte das früher nie glauben wollen, aber er veränderte die Menschen. Er war die Zeit, in der Frauen anfingen, Kleider zu kaufen, die erst im Sommer passen sollten, und Männer Laufschuhe, die sie nur einmal tragen würden. Viele bestellten jetzt an der Bar Apfelsaftschorle und winkten aufgeregt, wenn ich ihnen das Schälchen mit Erdnüssen hinstellte. Manche wollten ihren Cuba Libre mit Cola light oder aßen die Limettenscheiben, die als Deko am Glasrand steckten. Wegen der Vitamine, sagten sie.

»Komm, wir setzen uns auf die Tischtennisplatte«, sagte Maria. Wir standen an dem Spielplatz, nicht weit vom »Cindy«. Maria setzte sich im Schneidersitz auf die eine Seite des Metallnetzes, genau auf das A von RAF, das jemand auf die Platte gesprüht hatte. Ich sollte mich auf die andere Seite setzen, auf die mit dem Hakenkreuz.

»Spielst du Tischtennis?«, fragte sie. »Ich kann das sehr gut.«

»Ich habe es als Kind manchmal gespielt, mir war's aber zu schnell.«

»Hast du Hobbys?«

»Nein.«

»Und was machst du, wenn du mit der Arbeit fertig bist?«

Ich hätte erzählen können, dass ich mir manchmal Filme im Fernsehen anschaute, aber das meinte sie nicht. Sie meinte so etwas wie Backen oder Schwedisch lernen oder Radwandern. Ich tat aber nichts, ich war zu Hause, ging zu meinem alten Kellner, redete mit Herrn Albayrak, manchmal schlief ich mit Mädchen.

Ich schaute auf ihre hässlichen Schuhe und hatte das Gefühl, dass ich nie mit Maria schlafen werde. Mit dem Gedanken konnte ich leben. Sie war hübsch, auf den ersten Blick weniger als auf den zweiten, aber auch nicht so, dass es nicht auszuhalten wäre. Außerdem fragte sie nach Dingen, auf die ich nicht antworten mochte. Wenn ich nicht mit ihr schlafen würde, konnte ich ihr genauso gut die Wahrheit sagen. Ich hatte keine Lust, sie anzulügen.

»Wenn man es genau nimmt, warten, dass die Arbeit wieder anfängt.«

»Du hast mir doch gesagt, dass du nicht weißt, ob du gern Barmann bist.«

»Ja, das stimmt.«

Sie hatte Talent. Zwei belanglose Fragen, und sie wusste, dass ich meine Freizeit und meine Arbeitszeit vergeudete. Normalerweise brauchten die Frauen länger, um das herauszufinden. Sogar meine Eltern hatten länger gebraucht.

»Was ist mit Mädchen?«

»Was soll damit sein?«

»Hast du viele?«

»Du würdest sagen, ja.«

»Und nie eine feste Freundin?«

»Woher willst du das wissen?«

»Sag, wenn's anders ist.«

War es nicht, und ich wusste nicht, warum. Ich wusste viele Dinge nicht, auch nicht, warum ich auf einem Scheiß-Hakenkreuz saß und ihr nicht sagte, dass sie das alles nichts anging.

Maria hatte die Ärmel ihrer Jacke lang gezogen und sie sich zwischen Daumen und Zeigefinger geklemmt. Die Straßenlaterne warf ein schönes Licht auf die Platte. Sie zog die Knie an die Brust und ruhte ihr Kinn auf ihnen aus.

»Wenn Menschen zusammenkommen«, sagte sie, »ist es häufig so, dass einer mehr Wärme mitbringt als der andere. So als gäbe es eine Temperatur zwischen ihnen zu halten, damit die Verbindung funktioniert. Wenn die Wärme des einen nicht ausreicht, muss der andere nachlegen. Sonst geht es nicht. Ich bin jemand, der heizt. Wenn mir jemand gefällt, dann bringe ich einen ganzen Bollerofen mit, damit uns warm wird. Ich hasse Kälte. Verstehst du, was ich meine?«

Ja, dass sie keinen Freund suchte, sondern eine Etagenheizung.

»Was soll ich dazu sagen?«, sagte ich.

»Nichts, dazu gibt es nichts zu sagen.«

Wir saßen auf der Tischtennisplatte, sie auf der kommunistischen, ich auf der faschistischen Seite.

Zwischen uns das Metallnetz.

11

Die Adresse musste stimmen, es gab keine andere Straße im Prenzlauer Berg, die so hieß. Ich stieg aus dem Auto und schaute auf das Haus mit der Nummer 22, ein bräunlicher Altbau, die Eingangstür war mit Graffiti besprüht, die Klingelanlage sah neu aus. Gleich vor dem Haus verlief eine Mauer. Hinter der Mauer fuhr die S-Bahn, und dahinter begann der Wedding. Ich setzte mich auf die Stufen vor der Eingangstür und schaute auf die Uhr. Viertel vor sechs.

Gestern hatte Maria angerufen. Sie sagte, sie wolle mir unbedingt etwas zeigen. Ob ich morgen Abend Zeit hätte. Sie klang aufgeregt.

»Ich wollte dich schon früher anrufen, aber es ging nicht. Wegen einer Sache, die ich dir irgendwann mal erklären werde. Aber ich habe dich vermisst, David, hörst du?«

Die letzten Worte hatte sie leise gesprochen, fast schüchtern. Ich hatte im Flur gestanden und den Telefonhörer an mein Ohr gedrückt.

Eine S-Bahn rollte heran und dann noch eine und noch eine, alle nacheinander, nur ein paar Sekunden versetzt. Danach war alles ruhig, bis zur nächsten Welle. Die Bahn, die gleich hinter der Mauer fuhr, war die leiseste. Sie ratterte. Sie hatte diesen Schienentakt, den auch Züge haben, aber sie kreischte nicht, vielleicht weil sie geradeaus fuhr. Die anderen Bahnen schienen direkt in den Gehörgang einzubiegen. Erst ein lautes Rattern, dann begannen die Räder auf den Gleisen zu singen, in der Kurve kam das Kreischen, bis alles vom Tunnel verschluckt wurde.

Ich stand auf, zog meine Jacke aus, schaute auf die Uhr und

setzte mich wieder auf die Treppe. Fünf vor sechs. Erwartet zu werden, ist immer besser, als zu warten, aber das ließ sich nicht mehr ändern. Meine Jeans waren okay, es waren meine Lieblingsjeans. Ausgewaschen, zum Fuß hin breiter werdend. Das T-Shirt passte dazu, schwarze Schuhe passen eigentlich immer, die schwarze Lederjacke auch. Ich hatte meine Brille aufgesetzt, vor einer Stunde fand ich das sehr ehrlich, aber jetzt hätte ich lieber Kontaktlinsen gehabt.

Ich streckte die Beine aus, vor einem Haus, vor einer Mauer, vor den S-Bahn-Gleisen, kurz vor dem Wedding. Ich hörte die Eingangstür hinter meinem Rücken. Jemand kitzelte mich im Nacken, und ich zuckte zusammen.

»Wartest du schon lange?«

»Nein, bin gerade gekommen.«

Wir liefen die Treppe hinauf in den dritten Stock. Eine Wohnungstür stand offen, Maria ging hinein, ich folgte ihr durch einen schmalen Flur, in ein Zimmer, in dem ein kleiner Campinghocker stand und ein Radiorecorder. Ein Tapeziertisch lehnte zusammengeklappt an der Wand, drei Eimer weiße Farbe standen auf dem Boden, daneben lagen ein paar Rollen Tapete.

Maria zog ihre Jeansjacke aus und legte sie auf das Fensterbrett.

»Ist das deine Überraschung?«, fragte ich.

»Ja, das ist sie.«

»Du ziehst also hier ein?«

»Komm, ich zeig dir die Wohnung.«

Wir gingen in den Flur, er war schmal und hoch. Die Küche war leer, bis auf den Herd und eine Spüle, die Sonne schien durch das Fenster.

»Westseite«, sagte ich.

Im Bad war alles neu, die Duschkabine, der Wasserhahn, sogar der Klodeckel. Ich schaute mir die Fugen der Fliesen an, drehte den Wasserhahn auf und zu, ich öffnete die Duschkabine und nickte bedeutungsvoll mit dem Kopf. Ich wollte zeigen, dass ich Ahnung hatte, ein Mann mit handwerklicher Begabung. Im Zimmer klopfte ich gegen die Wände, strich mit der Hand über den Putz und nickte wieder bedeutsam. Ich öffnete und schloss die Balkontür, ich betrachtete den Rahmen, ich pustete kräftig in das Türschloss, obwohl ich nicht wusste, warum, aber vielleicht war Staub drin. Ich drehte die Heizung auf und zu, und dann fragte ich Maria, wo der Sicherungskasten ist, ich möchte mir noch die Sicherungen ansehen, Sicherungen sind wichtig.

»Weißt du, wie du aussiehst?«

»Nein, wie sehe ich aus?«

»Wie ein Wohnungsinspektor. Also, was sagt der Herr Inspektor? Ist alles in Ordnung? Gefällt es ihm?«

»Hattest du schon die Wohnungsübergabe?«

»Nein, erst nächste Woche.«

Maria fasste mich bei der Hand und schaute mich an. Ihr Make-up war in der Wärme des Tages ein wenig zerflossen, ihre Wangen waren rosig, die Haare zu einem kleinen Pferdeschwanz gebunden.

»David, ich will einfach nur wissen, ob dir die Wohnung gefällt?«

Ich fand die Wohnung nicht besonders. Sie war saniert, und es war alles drin, aber ich verstand nicht, warum Maria an einer S-Bahn-Strecke wohnen wollte, genauso gut könnte sie an ein Autobahnkreuz ziehen. Und wäre ich nicht so verknallt gewesen, hätte ich ihr das auch gesagt.

»Na ja, du wirst die S-Bahn hören und die ganzen Autos, die über die Brücke fahren, aber die Fenster sind gut isoliert, moderne Schallschutzfenster, und alles ist neu gemacht, du hast Sonne, eine große Küche und einen Balkon. Eine schöne Wohnung, denke ich.«

»Nur der Boden ist schrecklich«, sagte sie.

»Was ist mit dem Boden?«

Ich hatte mir den Boden nicht angeguckt und in diesem Augenblick kam mir das wie ein Versäumnis vor.

»Diese rotbraune Farbe, die ganzen Dielen sind damit zugekleistert. Ich weiß nicht, warum man Dielen streichen muss, es hat doch keinen Sinn.«

Sie schabte mit ihrem Schuh an einer Stelle, so als könnte sie dadurch die Farbe entfernen.

»Nein, Sinn hat es nicht.«

»Ich werde die Dielen abschleifen.« Sie schaute mich an, ihre Augen blitzten begeistert.

»Daran dachte ich auch schon. Das Zimmer ist ja nicht so groß, dürfte kein Problem sein«, sage ich.

»Hast du schon mal Dielen geschliffen?«

»Ja, klar.« Ich machte ein vorwurfsvolles Gesicht.

»Ein paarmal schon. Man muss sich eine Maschine ausleihen.«

»Gut, und der Rest ist dann nicht schwierig, dieses ganze Abschleifen?«

»Nein. Es dauert natürlich, und es macht Lärm und Dreck, aber man kann nichts falsch machen. Deine Dielen sind auch schön schmal, das ist schon mal ein großer Vorteil.«

»Wirklich? Warum?«

Tja, warum? Weil ich etwas Schlaues sagen wollte, darum.

»Es schleift sich einfach besser.«

Maria schaute mich an.

»Wegen der Maserung. Also das sagt man zumindest. Ich habe bisher allerdings nur schmale Dielen geschliffen, insofern fehlt mir der Vergleich zu breiten Dielen.«

Maria nickte.

»Nächste Woche fange ich an. Früher schaffe ich es einfach nicht. Was denkst du? Wie lange werde ich für das Zimmer brauchen?«

»Ich mache das.«

»Was?«

»Ich schleife dir den Boden. Ich brauche einen Tag, länger nicht.«

»Nein, vergiss es.«

»Wieso? Ich habe Zeit, also kann ich auch was für dich tun.«

»Du bist hier aber nicht als Handwerker angestellt. Außerdem wäre es mir peinlich.«

Ich wusste nicht, wie man Dielen abschleift. Aber ich hatte davon gehört und auch davon, dass es Lack gibt zum Versiegeln und eine Flex für die Ecken, und ich war mir sicher, dass es eine gute Sache ist. Wir würden dann eine kleine gemeinsame Geschichte haben. Maria würde auf diesem Boden laufen, sie würde darauf sitzen, sie würde ihr Bett darauf stellen, sie würde ihn manchmal wischen und es würde immer der Boden bleiben, den ich für sie geschliffen hatte. Davids Boden für Maria. Sie müsste umziehen, um ihn wieder loszuwerden, und selbst dann könnte sie noch denken, schade um den Boden.

»Ich habe mich entschieden. Du kannst nichts dagegen tun.«

Ich flüsterte es in ihr Ohr.

»Aber nur, wenn du wirklich willst, okay?«

»Unbedingt.«

»Und du musst mir was übrig lassen, ich will nicht, dass du alles allein machst. Ich komme mir sonst so faul vor.«

»Kein Problem.«

»Versprich mir das.«

»Ja, ich schwöre.«

Ich musste beide Hände heben, damit Maria sehen konnte, ob ich vielleicht meine Finger kreuzte.

»Gut. Dann möchte ich jetzt mit dir tanzen.«

Sie kniete sich hin auf den Boden, kramte eine Kassette aus dem Rucksack und legte sie in den Recorder. Dann stand sie auf, zog ihre Schuhe aus, ohne die Schnürsenkel zu öffnen, und ich sah ihre nackten Füße, die Nägel mit einem dunklen Rot lackiert. Ich zog auch meine Schuhe aus, meine Socken. Sie stellte sich auf meine Füße, ich spürte ihre kalten Sohlen, unsere Nasen berührten sich fast. Sie küsste meine Nase, sie stülpte ihre Lippen darüber, sie nahm meine Nase vollständig in den Mund, und ich hielt die Luft an.

»Ich könnte sie jetzt abbeißen«, sagte Maria.

Ich spürte ihre Zähne an meiner Nase. Ich verstand Maria kaum.

»Aber das tue ich natürlich nicht.«

Maria ließ meine Nase frei.

»War nur ein Test. Ich wollte gucken, ob deine Nase in meinen Mund passt.«

»Machst du das immer?«

»Nein. Aber es hat mich interessiert. Deine Nase passt sehr gut.«

Sie streckte ihr Bein aus und drückte mit dem großen Zeh die Play-Taste des Recorders. Sie legte ihre Hände um meinen Hals, ich spreizte meine Finger auf ihrem Rücken und hoffte, dass meine Hand sich kräftig anfühlte. Ich hörte ein leises Schlagzeug, einen Bass, ein Klavier und eine Frauenstimme. Wir drehten uns langsam, die Abendsonne tauchte das Zimmer in Orange, die S-Bahn ratterte, dann noch eine und noch eine. Come away with me and we'll kiss, on a mountaintop, sang die Frauenstimme. Come away with me, and I'll never stop loving you. Wir drehten uns, ich roch Marias Haar, ich konnte ihren Duft bis in die Magengrube spüren, mein Bauch war flau, irgendetwas flatterte, und plötzlich wollte ich rennen. Die Treppe runter, raus aus dem Haus, die Straße entlang, immer weiter, nur weg von hier, aber meine Füße waren wie Blei, und dann verschwand das Klavier und der Bass und die Frauenstimme, und meine Hände waren kalt.

»Ich muss mal auf die Toilette«, sagte ich.

»Alles klar mit dir? Du siehst ganz bleich aus.«

Wir standen still. Meine Hand rutschte langsam von ihrem Rücken.

»Ja, alles klar.«

Als ich ins Zimmer kam, saß Maria auf dem Balkon. Ein Schlafsack war ausgebreitet, sie lehnte an der Wand, ihre Arme umfassten die angewinkelten Knie.

»Möchtest du Wein?«

Sie hielt mir ein Glas hin. Ihre Füße hatte Maria in den Schlafsack gesteckt, es war ein warmer Tag gewesen, aber am Abend spürte man das kaum noch.

»Die Sonne ist gleich weg«, sagte Maria.

Wir saßen im ersten Stock, vor uns lagen die Bahngleise. Zwischen den Gleisen waren Wege asphaltiert, die das Gras umwucherte. Früher war hier die Grenze gewesen. Auf den Wegen waren die Grenzposten lang gelaufen, der Bahnhof war leer und tot gewesen, die Züge Richtung Pankow fuhren einfach daran vorbei. Jetzt war es Gleisland. Hundert Meter breit, nur Schienen und Gras und Asphalt und ein kleines Haus der Deutschen Bahn. Ein windiger Ort.

»Zwei Minuten vielleicht noch«, sagte sie.

Die Sonne zerfloss, Marias Gesicht war jetzt fast golden, die Hauswand auch, der ganze Balkon. Auf der Brücke standen ein paar Spaziergänger mit Hunden und kleinen Kindern, und als das Licht verblasste, gingen sie weiter.

»Wo hast du eigentlich vorher gewohnt?«

»Ein paar Straßen von hier entfernt, im Wedding. Zusammen mit einer Freundin.«

»Ihr habt euch gestritten?«

»Nein, sie geht für ihr Studium nach München, und alleine will ich in der Wohnung nicht bleiben.«

»Aber hier wohnst du auch alleine.«

»Aber das ist etwas anderes. Ein neuer Ort, eine neue Wohnung, und man schaut auf den besten Sonnenuntergang der Stadt. Hast du schon mal alleine gewohnt?«

»Nein«, sagte ich. »Irgendwie war immer jemand da.«

Damals hätte ich Maria am liebsten eine Geschichte erzählt. Eine erfundene Geschichte. Von einem kleinen dunklen Zimmer in New York, in dem ich ein paar Monate gewohnt hatte, an der Wand eine Klimaanlage, ein riesiger, brummender Kasten. Im Zimmer nebenan hatten die Nutten gestöhnt, in Filmen sah man das oft. Der Vermieter war ein schmieriger Typ gewesen, in einem fleckigen weißen Unterhemd, und nachts drückte ich das Kissen an meine Ohren, ich bummerte mit der Faust gegen die Wand, und der Freier brüllte durch die Wand, dass ich mich gefälligst ins Knie ficken soll. Ich war mal fünf Tage in New York, aber nur in Manhattan, in einem ordentlichen Hotel gleich am Broadway. Ich hatte immer in Berlin gewohnt. Manchmal dachte ich daran, wegzugehen, nicht sofort, aber im nächsten Jahr vielleicht oder im übernächsten, und daran hat sich bis heute nichts geändert. Ich war schon seit langem auf dem Weg nach New York oder sonst wohin, ich bewegte mich, ohne Berlin je zu verlassen, es war ein hübscher Kompromiss, und nur an manchen Tagen beschäftigte mich der Gedanke, dass ich vielleicht niemals gehen werde.

»Ich bin nicht gerne alleine«, sagte Maria. »Und noch schlimmer ist es, wenn ich alleine bin und es ist so still. Ruhige Wohnungen sind nichts für mich.«

»Das heißt, du wärst nicht hierher gezogen, wenn nicht alle paar Minuten ein Zug vorbeidonnern würde?«

»Wahrscheinlich nicht.«

Maria goss Wein nach, mein Glas war leer, ihres noch halb voll.

»Würdest du jetzt mit mir schlafen?«, fragte Maria.

Es klang beiläufig. Sie nahm einen großen Schluck Wein, ich sah, wie sie lächelte.

»Ja«, sagte ich.

Alles andere wäre zu kompliziert gewesen.

»Gut«, sagt Maria.

Wir schwiegen eine Weile, so wie man vor einem ersten Kuss schweigt.

12

»Sie gefällt dir«, sagte Robert, als er von der Toilette zurückkam, wo er sich vermutlich wieder etwas Geld aus dem Kellnerportemonnaie genommen hatte. Maria war gerade aus dem »Cindy« gegangen.

»Ich frage mich, was dich das angeht.«

»Schon gut, Alter.«

Ich konnte sehen, wie Maria über die Straße lief und dann zwischen den Autos auf dem gegenüberliegenden Parkplatz verschwand.

Ich trat vor das »Cindy«, zündete mir eine Zigarette an und dachte an dieses ruhige Mädchen.

Wir sahen uns regelmäßig, wobei immer sie entschied, wann das passierte. Manchmal konnte sie einige Tage nicht, und ich fragte nie, warum. Dann stand sie wieder nach Feierabend im »Cindy liebt mich nicht« und kam mit zu mir. Maria war nicht die Erste, bei der das so gewesen war. Früher schon hatten Frauen auf mich gewartet. Barkeeper werden häufiger von ihren Freundinnen abgeholt als andere Männer. Die Mädchen verbringen den Abend in ihrer Wohnung oder mit einer Freundin, kommen nach den Spätnachrichten in die Kneipe. Sie sitzen an der Bar, möchten meist nichts trinken und sagen, dass es ihnen nichts ausmache, zu warten, dass sie es gern täten, dass man es wert sei. Nach einiger Zeit kommen sie seltener, und wenn sie es doch tun, vergessen sie nicht zu erwähnen, um wie viel Uhr sie am nächsten Morgen aufstehen müssen und was das für ein Beweis ihrer Zuneigung sei. Maria verband das Abholen nie mit einer Forderung. Wenn sie sagte, dass sie bei mir sein wollte, meinte sie das so, sie wollte einfach nicht alleine sein, in meiner Nähe, nicht mehr.

Ich musste sie nicht unterhalten, mich bemühen, es reichte, wenn ich da war. Maria war der unaufdringlichste Mensch, den ich jemals kennen gelernt habe. Es war angenehm, mit ihr Zeit zu verbringen, weil es so einfach war.

Drei Tage nach unserer ersten Unterhaltung auf der Tischtennis-Platte war sie ins Cindy gekommen und hatte mich gefragt, ob ich mit ihr in die Oper gehen wolle. Tosca oder Madame Butterfly, ich könne mir was aussuchen, beides Mal Puccini, beide Male begingen die Frauen am Ende Selbstmord, ihr sei es egal. Ich sagte, dass ich nichts von Opern verstände und welche der beiden Inszenierungen kürzer wäre.

»Zieh dir bitte ein Hemd an«, sagte sie.

Am nächsten Tag parkte ich an der Mauer vor den Gleisen. Maria stand vor ihrem Haus und wartete. Sie trug ein nachtblaues Kleid, in das feine glitzernde Fasern eingearbeitet waren. Sie sah schön aus und griff mir ans Revers, als ich um sie herumschlich.

»Du sieht aus, als wolltest du ein Girokonto eröffnen«, sagte sie.

Ich lächelte und legte meinen Arm um ihre Hüfte.

In dieser Nacht schliefen wir miteinander. Wir schliefen, wie es Paare tun, die sich schon Jahre kennen, Paare, bei denen Leidenschaft durch irgendetwas ersetzt wurde, das langweiliger, aber beruhigender ist. Es hatte etwas Selbstverständliches, natürlich würden wir in dieser Nacht miteinander schlafen, daran hatte die ganze Zeit über kein Zweifel bestanden. Darum waren wir auch nicht übereinander hergefallen, nicht in der Oper, nicht auf dem Rückweg und nicht in meinem Treppenhaus. Da wir wussten, dass es passieren würde, verschwand die Hetze. Vielleicht ist man am Anfang einer Beziehung deshalb so gierig, weil ein paar Laufmaschen, ein angerissenes Höschen und etwas Lippenstift am Hals als Ersatz für viele Dinge dienen können, ein wenig Unkontrolliertheit und Wildheit können darüber hinwegtäuschen, dass man sich nichts zu sagen hat. Etwas Leidenschaft, etwas Kühnheit und Zügellosigkeit, wenigstens zu Beginn, wenigstens das.

Maria brauchte das nicht. Wir schliefen wie Erwachsene miteinander, keine Leistungsshow, keine Kratzer auf den Rücken, keine Kleiderfährte durch die Wohnung, nur zwei nackte Menschen, die sich lieben, so als sei Sex eine normale Sache.

Den nächsten Abend verbrachten wir in meinem Zimmer, ich las, und Maria hörte über Kopfhörer Musik. Wenn ich ehrlich bin, mochte ich an ihrer Anwesenheit besonders, dass sie sich nicht sonderlich von dem Zustand unterschied, alleine zu sein. Im »Cindy« hatte ich die ganze Zeit Menschen um mich herum. Es war keine bewusste Entscheidung, keine Freundin zu haben, es fügte sich. Irgendwann konnte ich den Gedanken, eine Frau in mein Leben zu lassen, nicht ertragen. Ich spürte, wie die Frauen, die ich kennen lernte, in mein Leben eindrangen, wie sie es verändern, wie sie teilhaben wollten. Es war üblich, es war verständlich, vermutlich stand es ihnen sogar zu. Ich empfand es als Eroberung, sie eroberten mich, änderten Dinge. Zu einer Eroberung gehört immer auch eine Niederlage.

Mit Maria fühlte ich mich wohl. Sie wirkte auf eine schöne Art hilflos, bedürftig, unschuldig, auch wenn sie das wahrscheinlich nicht war. Frauen sollten immer ein wenig schwach wirken, sie haben es dann leichter bei Männern. Maria machte das gut. In manchen Nächten wirkte sie erschöpft, nicht körperlich, eher so wie jemand, der zu viel nachgedacht hatte. Wenn ich sie fragte, was los sei, sagte sie, dass sie es nicht wisse und ob sie Musik hören könne. Ich saß bis zum Morgengrauen am Küchentisch, rauchte oder las, während sie in meinem Zimmer Musik hörte.

Ich habe genau fünf CDs. Die beste Musiksammlung der Welt, fand Maria. Ein Bach-Packet, eine CD von George Michael und drei »Best of Pop«, zwei davon Werbegeschenke von Spirituosenvertretern. Nach ein, zwei Stunden kam sie aus meinem Zimmer, beugte sich über mich, und es schien ihr besser zu gehen.

Einmal hatte sie sich ein Hemd und eine Hose von mir angezogen, lief wie ein Model meine Küchenzeile ab und fragte mich, ob ich sie auch als Junge lieben würde, sie glaube, dass sie lieber ein Junge wäre, jemand anderer, jemand wie ich. Ich küsste sie und sagte ihr, dass sie weniger George Michael hören sollte.

Maria lachte, begann »Last Christmas« zu singen, und ich fing langsam an, mich in sie zu verlieben.

13

Alles schmeckte nach Holz. Der Staub lag auf meiner Zunge, er klebte an den Zähnen, brannte in der Nase, ich trank Cola, aber es half nichts. Ich war Holz.

Ich schaute die Wände entlang. Ich würde sie nachher absaugen, mindestens dreimal, hatte der Mann vom Verleih gesagt, lassen Sie den Staub zwischendurch immer wieder setzen, viele unterschätzen den Staub, und ich hatte ihn angesehen und mich gefragt, ob man Staub unterschätzen kann. Es klang nach einem Fußballspiel, nach einem Sportreporter-Satz. Sie dürfen die Moldawier nicht unterschätzen, es gibt keine kleinen Gegner mehr.

Ich trug ein Kopftuch und einen Mundschutz, eine blaue Latzhose, wie sie Handwerker haben, und ein blaues T-Shirt. Ich sah irgendwie albern aus. Ein Pirat, ein Chirurg, ein Monteur, ein Holzclown. Die Hose war zu groß, sie hing am Hintern, traurig und flach. Maria würde in Luft greifen. Ich war ein Mann ohne Arsch. Ich schmiss den Mundschutz in die Ecke, er war feucht vom Atem, er hatte nicht viel geholfen. Ich hatte Holz im Mund, ich konnte es kauen. Ich konnte Holzküsse geben und würde nach Kiefer schmecken. Nach Nadelbaum.

Das Rot war verschwunden. Erst war es blass geworden, dann fleckig, die Maschine brüllte, ich sah, wie sich das Schleifpapier durch die Farbe fraß. Für die Ecken nahm ich die Flex, ich führte sie mit runden, kreisenden Bewegungen und wunderte mich, dass ich eine seltsame Freude empfand. Ich bekämpfte den roten Lack. Es war, als würde ich ein Land befreien, das Rot zog sich zurück, ich drängte es in die Ecken, irgendwann war es besiegt. Meine Arme zitterten vor Anstrengung, ich war müde, aber es war eine schöne, zufriedene Müdigkeit, eine, die nicht nur den Kopf erfasste. Es war anders als am Gericht.

Ich sah auf den hellen Boden, er fühlte sich glatt und weich an. Bald würde er glänzen, im Flur stand der Lack.

Ich hörte das Türschloss, aber ich blieb sitzen. Ich hörte, wie der Rucksack fiel, ihre Schritte.

»Oh Scheiße«, sagte Maria.

Sie schlüpfte aus ihren braunen, flachen Schuhen, sie lief über den Boden, und in ihrem Kleid sah sie aus, als hüpfte sie. Sie sagte noch ein paarmal »Oh Scheiße«, sie legte sich auf die hellen Dielen, sie breitete die Arme aus, dann kam sie zu mir. Auf allen vieren. Sie strich über meine Brust, sie küsste mich, ihre Zunge drängte durch meine Lippen, und ich schmeckte kein Holz.

»Danke«, sagte sie.

Maria setzte sich zwischen meine Beine, lehnte ihren Rücken an meine Brust, ich umfasste ihre Hüften und ihren Bauch, auf dem Balkon stand die Sonne. Es war der 1. Mai, der Tag der Arbeit, und es fühlte sich gut an, ein Arbeiter zu sein.

Ein Held der Arbeit.

»Bist du sehr müde?«, fragte sie.

»Ich bin platt.«

Sie zog meine Hände enger um ihren Bauch.

»Der ganze Raum ist plötzlich größer, David. Findest du nicht?«

»Ja, er ist jetzt ein Saal.«

»Nein, ernsthaft. Er sieht größer aus.«

»Weil er heller ist. Hell macht größer.«

»Hast du lange gebraucht?«

»Na ja, den Tag. Es ist alles kein Problem, nur die Ecken sind Mist, weil die Schleifmaschine da nicht hinkommt.«

Mit dem Nagel ihres Zeigefingers fuhr Maria nervös auf meiner Hose entlang.

»Ich hätte dir helfen müssen. Wenigstens mit den Ecken.«

»Du musstest zum Dienst, und ich hatte frei. Wo ist das Problem?«

Maria schwieg, kratzte weiter auf meiner Hose herum und sah mich nicht an.

Ich küsste ihren Hals.

»Musst du dir die ganzen Paragraphen merken?«, fragte sie nach einer Weile.

»Welche Paragraphen?«

»Die Paragraphen, Juristen haben Gesetzbücher mit Paragraphen.«

»Wie kommst du jetzt darauf?«

»Einfach so. Es interessiert mich. Also, wie viele hast du im Kopf?«

Ich hatte nie verstanden, warum, aber alle wollten das wissen. Dabei bedeutete es nichts, nur dass man ein gutes Gedächtnis hatte und ein schlechter Jurist war, der sich Paragraphen merken musste, weil er sie nicht verstand.

»Ich muss sie nicht auswendig lernen. Ich muss nur wissen, wo ich sie finden kann.«

»Komm, sag mir eine Zahl.«

»Fünfzig.«

Ich hätte auch siebzig sagen können, oder zehn oder zweihundert. Es war vollkommen willkürlich, nur eine Zahl.

»Ich würde das nicht schaffen. Ich kann mir nichts merken. Ich vergesse Namen, Zahlen, Gesichter. Aber ich kann mir Gerüche merken.«

»Gerüche«, wiederholte ich. Mir fiel nicht viel ein zu Gerüchen.

»Ich finde, du riechst gut.«

»Das meine ich nicht. Ich kann mich an Menschen erinnern, weil ich mich an ihren Geruch erinnere. Und am

Geruch merke ich auch, ob jemand zu mir gehört. Es gibt wissenschaftliche Untersuchungen darüber, dass Menschen zusammenkommen, weil sie sich riechen können. Es ist wie bei den Bonobos. Sie locken sich an über ihre Geruchsdrüsen, und dann paaren sie sich.«

»Die Bonobos?«

»Bonobos riechen vorher einander sogar am Po, um den Partner auszuwählen, wusstest du das?«

Maria kicherte, ihr Bauch zuckte unter meinen Händen. Dann zog sie ihr Kleid runter, bis zu den Hüften, und drehte sich um.

»Mach mal die Augen zu.«

»Ich sehe dich aber gerne so.«

»Komm, mach.«

Sie strich mit der Hand über meine Augenlider, dann führte sie meinen Kopf an ihre Brust.

»Was riechst du?«

»Brüste.«

»Brüste sind kein Geruch.«

Ich schnüffelte an ihren Brüsten.

Sie waren kühl und weich.

»Meer. Deine Brüste riechen nach Ozean und nach Wellen.«

»Quatsch und Klischee. Nur Meer riecht nach Meer.«

»Morgentau?«

Maria kniff mir ins Ohr.

»Haut.«

»Gut, weiter.«

»Blumig, irgendwie komisch.«

»Komisch?«

»Mir fällt Tee ein.«

»Was für Tee?«

»Schwarz. Darjeeling vielleicht.«

»Darjeeling?«

»Aber nicht stark. Mehr wie alter, sehr trockener Tee, der in einem Schrank steht. In einer alten, eckigen Büchse.«

»Warum?«

»Man hat ihn dort vergessen.«

»Mach weiter.«

»Schwierig.«

»Aber du bist gut.«

Ich rieb meine Nase zwischen Marias Brüsten.

»Sie riechen irgendwie auch nach Weißbrot. Nach Schrippe. Aber ohne die Kruste, nur der knietschige Teig.«

»Hefe?«

»Nein, es ist Milchteig. Teig, der stopft, von dem man Bauchschmerzen kriegt.«

»Das gefällt mir. Meine Brüste riechen nach vergessenem, altem Büchsentee. Sie riechen milchig wie Brotteig, von dem man Bauchschmerzen bekommt.«

Marias Lippen waren dicht an meinem Ohr.

Ich öffnete nicht die Augen.

»Deinen Po«, sagte ich.

»Was ist mit meinem Po?«

»Gib mir deinen Po.«

Maria stand auf. Ich hörte, wie ihr Kleid auf den Boden rutschte, wie sie ihren Slip abstreifte, ich hörte ihre nackten Füße auf den Dielen. Sie legte eine Hand in meinen Nacken und führte meinen Kopf ein Stück nach vorne. Ich spürte Haut, sie war kühl, und ich küsste sie.

»Ich kann dich riechen«, sagte ich.

Ich drückte die Backen ein wenig auseinander und steckte meine Nase dazwischen, dann meinen Mund.

»Mein Liebster«, sagte Maria leise.

14

Langsam klang »Amsterdam« aus, das letzte Lied auf der Coldplay-CD. Es gibt Barchefs, die eine Wissenschaft aus der Barmusik machen. Die Platte zur Stimmung, zur Stunde, zur Jahreszeit, zum Drink. Ein ehemaliger Kollege im Hotel war sich sicher, dass zu Pizzicato Five ein Singapore Sling passen würde, weil der Cocktail fruchtig, spritzig und irgendwie aufgeregt sei. Zu einer Gruppe wie Radiohead solle ich den prickelnden Liz Taylor vorschlagen, niveauvoll, intellektuell, sagte er. Ich kannte nichts von Radiohead, aber ich wusste, dass ein Liz Taylor die beste Möglichkeit war, abgestandenen Champagner doch noch zu verkaufen.

Ich ging zum CD-Player und ließ die Platte noch mal laufen. Auf meiner Uhr war es kurz nach Mitternacht. Maria war seit drei Tagen nicht mehr im »Cindy« gewesen. Wir hatten in den letzten Wochen ein stilles Abkommen getroffen, eine Art Übereinkunft, über die wir nie sprachen und die dennoch galt. Ich rief sie nicht an und sie mich nicht, aber alle paar Tage kam sie ins »Cindy« oder zu mir nach Hause, unangemeldet, aber willkommen. Ich war mir sicher, dass wir irgendwie gespürt hätten, wenn die Zeit zwischen den Treffen zu lang geworden wäre. Heute würde sie kommen.

Vergangene Woche war ich mit Maria in mein Frühstückscafé gegangen. Der alte Kellner stand hinter dem Tresen und polierte Gläser. Er stopfte das Geschirrtuch ins Glas, umwickelte Daumen und Zeigefinger der rechten Hand mit dem restlichen Zipfel, griff damit den Rand und drehte mit der Linken das Glas. Sechs Umdrehungen. Nicht fünf, nicht sieben. Sollte das Glas beim Trocknen kaputtgehen, würde er sich nicht schneiden, weil das Tuch seine Finger schützte.

»Und dir gefällt es hier?«, fragte Maria.

»Nein, eigentlich nicht.«

»Aha. Und warum kommen wir hierher?«

»Mir gefällt der Kellner.«

Maria verfinsterte den Blick.

»Sind wir deshalb hier?«, sagte sie. »Du willst Schluss machen, seinetwegen. Ist es das?«

Sie lachte, drehte sich zum Tresen und schaute dem alten Mann zu, wie er das letzte Glas in eine perfekte Reihe stellte.

»Er sieht traurig aus«, sagte sie schließlich.

»Er sieht immer gleich aus. Ich komme seit drei Jahren fast jeden Morgen hierher, und er begrüßt mich noch immer wie am ersten Tag. So als hätte er mich nie gesehen. Er arbeitet wie ein Uhrwerk, kein Schritt ist unnötig, alles kontrolliert.«

»Seltsamer Kerl«, sagte Maria.

»Ja, irgendwie schon.«

»Dein Hobby ist also, Kellner zu beobachten?«

»Nein, diesen Kellner zu beobachten.«

Maria nahm sich die Karte und blätterte in ihr. Sie fuhr mit dem Zeigefinger die verschiedenen Frühstücksvarianten ab und bewegte dabei die Lippen, so wie Menschen es tun, die Schwierigkeiten beim Lesen haben. Dann umkreiste sie mit dem Ringfinger das Sundgauer Frühstück und sagte: »Ein Mann, der in seiner freien Zeit Kellner beobachtet, mit so einem Mann war ich noch nie zusammen.«

Ich reagierte nicht auf diesen Satz, tat so, als hätte ich ihn nicht gehört. Maria sah in mir also ihren Freund, es war das erste Mal, dass sie so eine Andeutung machte. Ich beschloss, den Satz zu vergessen, weil es keinen Grund gab, darauf zu reagieren, jedenfalls nicht so, wie Maria es vermutlich gern gehabt hätte. Es überraschte mich, wie leicht es mir fiel, den Gedanken zu verdrängen.

Ich redete viel an dem Morgen. Ich beschrieb ihr, wie der alte Mann arbeitete und warum es mich beruhigte, zu sehen, wie er Milchkaffee zubereitete. Sie saß vor mir und hörte mir zu, ganz ruhig, ohne den Blick von meinem Gesicht oder meinen Händen zu lassen.

Normalerweise ist es anders, ich schweige, und die Frauen reden, und je länger ich schweige, desto mehr reden sie, und je mehr sie reden, desto leichter ist es, etwas mit ihnen anzufangen. Es ist unfair, weil man dem anderen die ganze Verantwortung überträgt und sich der andere gerade beim ersten Treffen etwas unsicher fühlt, aber es ist die beste Methode. Sie überließ mir das Gespräch.

Drei Stunden saßen wir in dem Café. Nachdem wir mit dem Frühstück fertig waren, gingen wir in meine Wohnung und schliefen miteinander.

15

Ich legte das Hackfleisch in den Kühlschrank und nahm den Eistee heraus. Grüner Eistee mit Feigengeschmack. Ich trank hastig aus der großen 1,5-Liter-Packung, meine Speiseröhre stach vor Kälte, und ich dachte daran, dass ich in einer blauen Küche stand und grünen Eistee trank.

Maria wollte unbedingt eine blaue Küche haben. Ich hatte gesagt, blau wäre zu kalt, Meereskundemuseen wären blau, aber keine Küchen. Ein gelbes Braun wäre besser oder ein grünes Gelb oder Orange, irgendein warmer Ton eben, aber Maria fand, dass alle Küchen auf der ganzen Welt so aussehen würden und sie nicht verstände, warum Blau nicht warm wäre. Wir kauften blaue und weiße Farbe in einem Laden am Ende ihrer Straße. Wir mischten. Wir strichen Streifen an die Wand und begutachteten die verschiedenen Blautöne. Die Wand war bald voller Streifen, Maria zeigte mal auf den einen, mal auf einen anderen und sagte, dass ich jetzt entscheiden solle, sie fände jedes Blau irgendwie gut. Ich entschied, aber Maria sagte, dass sie leider ein Veto einlegen müsse. Ich entschied weiter, Maria rief weiter »Veto«, bis ich meine Hand auf ihre Augen legte und sagte, dass sie das Blau erfühlen müsse. Sie berührte mit ihrem Zeigefinger die Streifen. Sie strich auf ihnen entlang wie über ein kleines, weiches Tier, sie roch an ihrem Finger, und dann sagte sie, wir nehmen dieses dunkle Blau und kein anderes, und ich sagte, bist du sicher, sie nickte, ich nahm die Hand weg und dann strichen wir die Küche hellblau.

Ich zog meine Anzughosen aus, kratzte über meine Beine, ich zog das Jackett aus, das weiße Hemd und fühlte mich befreit. Am Abend vor einer Verhandlung war ich mir immer sicher, dass ich Jeans anziehen würde. Niemand verlangte von einem Staatsanwalt, dass er eine juckende Anzughose trug. Am Morgen vor einer Verhandlung dachte ich an die anderen Referendare, die ich manchmal im Gericht traf. An ihre glänzenden harten Schuhe, ihre dunklen Sakkos, die kantigen Hosen, und dann zog ich wieder keine Jeans an, sondern den Anzug und das Hemd, und Maria sagte: Ach, der Herr U-Bahn-Fahrer.

Ich ging auf den Balkon und streckte meine Brust in die Sonne. Seit einer Woche war es heiß in Berlin. Im Radio sagten sie, es sei der heißeste Juni seit irgendwann. Die Bäume waren staubig, über den Straßenkreuzungen flirrte Benzin, und am Abend war es voll auf den Balkonen der Häuser, von denen manche aussahen, als könnten sie jetzt vornüberkippen. Wir sollten Samstag an einen See fahren, hatte ich zu Maria gesagt. Oder an die Ostsee. Jetzt war es Freitagabend, und ich hatte voll getankt.

Eine S-Bahn fuhr vorbei, ich konnte die Gesichter der Leute erkennen, eine Frau hatte eine Zigarette im Mund, trocken, ohne Feuer. Die Bahn fuhr nicht schnell an dieser Stelle, sie bog in den Bahnhof ein, und manche Leute guckten aus dem Fenster und sahen mich auf dem Balkon stehen. Ein Mann in Unterhosen, der seine Brust in die Abendsonne streckte, und ich fing an zu winken und war ein freundlicher Mann in einer Unterhose. Ich setzte mich auf einen der beiden Stühle, legte meine Beine auf den kleinen, weißen Balkontisch. Am Himmel stieg ein Flugzeug auf, und ich dachte an Maria und wie sie mir erklärt hatte, dass sie die Wohnung so mag, weil sich hier alles bewegen würde. Die Bahnen, die Flugzeuge, die Menschen auf der Brücke und auch die Wohnung selbst. Niemand möchte hier lange bleiben, hatte der Vermieter zu ihr gesagt. Vielleicht ein Jahr, manchmal zwei, die Lage sei sehr speziell. Dann hatte er seine Zigarette ausgedrückt, sie über den Balkon geschmissen und war in einem roten Fiat davongefahren.

In den letzten Wochen war ich oft bei Maria gewesen. Wir hatten einen schwarzen Ohrensessel gekauft, der zu groß war für ihr kleines Zimmer, eine Schlafcouch, einen alten Schreibtisch mit kaputten Füßen, und Maria hatte zwei große Fliedersträuße in die Küche gestellt. Abends saßen wir auf dem Balkon, streckten die nackten Füße gegen die Brüstung und tranken Weißwein. Maria erzählte mir von ihrer Arbeit, den Ländern, die sie gesehen hatte, ihren Eltern, die in einem Dorf in Brandenburg lebten, und dass sie dieses Dorf verlassen hatte, gleich nach der Schule. Es war ein blödes vertratschtes Kaff, sagte sie. Manchmal kochten wir zusammen. Pasta oder Omelett, wir waren beide nicht besonders begabt. Ich brachte ihr meine alte Anlage mit und ein paar CDs, von denen ich glaubte, sie könnten Maria gefallen, und sie wurde rot und schaute mich an wie einen Verrückten. Wir tanzten, die Dielen knackten, und einmal saßen wir hoch oben auf dem Dach des Hauses, weil Maria mich therapieren wollte.

Nachts lagen wir auf ihrer neuen Schlafcouch. Ich küsste ihre Hände, die nach Klinik rochen und der Seife, mit der Maria versuchte, den Geruch loszuwerden. Es gab Tage, an denen Maria erst Kopfschmerzen bekam und dann Bauchschmerzen. Sie wirkte niedergeschlagen, ohne dass sie sagen konnte, warum. Sie lag auf der Schlafcouch, bewegte sich nicht, sie lag einfach nur so da und griff nach meiner Hand. Ich machte ihr Umschläge und erzählte von meinem Vater. Wie er früher eine Hand auf meinen Bauch gelegt hatte und sagte, dass da irgendwo ein Pups quer liege, den er jetzt rausmassieren wird. Er strich ruhig kreisend über meinen Bauch, seine Hand war groß und warm. Nach einer Weile furzte ich ins Bett, und er sagte: Gut gemacht, David.

Maria mochte es, wenn ich meine Nase in ihrer Haut vergrub und Luft hineinblies. Bitte, beschnaube mich, sagte sie.

Ich glitt mit meiner Nase über ihren Körper und beschnaubte alles, was ich kriegen konnte. Am Morgen stand sie früh auf, duschte, fönte ihre Haare und legte sich dann nackt zu mir ins Bett. Nur kurz, sagte sie. Manchmal schliefen wir miteinander, danach suchte Maria hektisch ihre Sachen zusammen und sagte, dass jetzt jeder in der Klinik sehen könnte, was heute Morgen passiert sei. Sie hätte ein Bumsgesicht.

Ich hörte, wie sie die Wohnungstür schloss, ihr Fahrrad aus dem Hausflur schob, aufstieg und die Räder anfingen zu summen. Ich blieb liegen und döste. Ich wollte nicht weg. Und ich wollte wiederkommen.

Hatte Maria keine Zeit, rief sie mich an. Sie sagte, heute ginge es leider nicht. Sie gab selten Erklärungen, und ich fragte auch nicht weiter nach. Meine Stimme trug keine Enttäuschung, sie war ruhig und klar, zumindest bemühte ich mich darum. Wir kannten uns erst ein paar Wochen. Ich hatte kein Recht auf Erklärungen. Sie musste manchmal zum Nachtdienst, das hatte sie erzählt, und wahrscheinlich gab es Abende, an denen es besser war, alleine im Bett zu liegen.

Ich ließ in ihrer Wohnung nie etwas zurück. Keine T-Shirts, keine Hose, nicht mal eine Zahnbürste. Fuhr ich zu Maria, hatte ich meinen Rucksack dabei. Es war unpraktisch, weil ich oft irgendwas vergaß und wieder durch die Stadt in meine Wohnung fahren musste, aber der Rucksack erschien mir wie ein Schutz. Solange ich ihn mitbrachte, war alles ein Anfang. Ich konnte immer noch zurück.

Ich schaute in die untergehende Sonne, das Licht kippte langsam in die Nacht, auf dem Weg zwischen den Gleisen lief träge ein Hund. Maria hätte längst da sein müssen. Manchmal hörte ich ein Fahrrad, aber es war nicht ihr Fahrrad. Als es klingelte, stand ich viel zu schnell auf, ich wartete einen Augenblick und ging langsam zur Tür.

Eine ältere Frau mit Einkaufstüten schaute mir ins Gesicht und auf meine Unterhosen. Sie fragte, ob das mein Kinderwagen sei, der da im Hausflur steht.

»Nein«, sagte ich.

»Junger Mann, so geht das aber nicht. Der ganze Eingangsbereich ist blockiert. Man muss ja praktisch mit dem Hintern an der Wand langlaufen.«

»Es ist wirklich nicht mein Wagen. Tut mir sehr Leid.«

Sie starrte mich an, meine Unterhose. Sie öffnete kurz den Mund, langsam wie ein Fisch, griff nach ihren Beuteln, stieg zwei, drei Stufen hinauf und drehte sich um.

»Aber Sie haben einen Verdacht, oder?«

»Nein. Ehrlich gesagt nicht.«

Sie stieg die Treppen hinauf, in den Beuteln klingelte Glas.

»Wenn Sie was erfahren, Schröder, vierter Stock.«

Unten klappte eine Tür, ich lauschte in den Flur.

»Bin eigentlich immer da. Oder mein Mann.«

Als es dunkel war, rief ich nicht an. Ich überlegte eine Weile. Marias Nummer leuchtete auf meinem Handy, aber dann ging ich in die Küche und nahm das Hackfleisch aus dem Kühlschrank. Die Tomaten und die Zwiebeln lagen auf dem Küchentisch. Ich schälte, schnitt, meine Augen brannten, ich ging auf den Balkon und suchte Luft. Ich schaute kurz auf das Handy. Man wird angerufen, wenn man nicht damit rechnet. Das ist die Regel. Im Flur lief jemand die Treppen hoch, lief vorbei. Ich ging in die Küche und versuchte, mit nichts zu rechnen.

Das Hackfleisch in der Pfanne wurde grau und krümelig, es roch wie das Hundefutter, das meine Mutter einkochte. Tranig, fast wie Fisch. Ich schüttete die Zwiebeln in die Pfanne, puderte Knoblauchgranulat drüber, Pfeffer, Paprika. Ich öffnete eine Flasche Rotwein, nahm zwei Gläser aus dem Schrank, stellte sie auf den Tisch und goss beide voll. Beim

Kochen zu trinken, macht das Kochen erträglich. Ich überlegte, wer das gesagt haben könnte, Peter Ustinov vielleicht, aber er sah nicht so aus, als hätte er nicht gern gekocht. Maria trank viel, wenn wir kochten. Sie wurde nicht schnell betrunken, sie vertrug mehr als ich. Irgendwann wurde sie still, sie sagte einfach nichts, während ich immer mehr redete.

Der Wein schoss mir sofort in die Schläfen. Am Morgen nur Toast, Mittagessen hatte ich ausfallen lassen. Fleischiger Dampf stieg aus dem Topf. Mein Magen zog sich zusammen, und dann wählte ich ihre Nummer. Es war fast elf.

Eine späte S-Bahn donnerte vorbei. Die Abteile waren hell und leer. Als es still war, schaltete ich den Fernseher ein. Es war gut, dass jemand redete, sang, Golf spielte, aus einem Haus sprang, Katzen fütterte. Ich drehte den Ton weg, weil es vor der Wohnungstür knarrte, aber das Knarren verstummte. Ein Nachrichtensprecher legte seine Blätter zusammen, so als könnten sie noch einmal wichtig werden. Ein Auto verfolgte ein Auto. Eine schöne Frau strippte. Zwei Männer mit Schürzen redeten über Messer. Das Wetter blieb gut. American Cyborg war tot. Alles ist gelber, dachte ich. In der Nacht ist das Fernsehen gelber und weicher.

Ich konnte jetzt das Blut rauschen hören in meinem Kopf. Die Weinflasche stand auf dem Boden.

Bei den ersten Anrufen hatte das Telefon geklingelt. Danach hatte es nur noch geklickt, eine Frau sagte: »Temporarily not available.« Ich dachte an den Morgen, ob ich etwas falsch verstanden oder übersehen haben könnte. Ich suchte in der Küche nach einem Zettel, auf dem Schreibtisch, dem Kopfkissen. Aber da war nichts. Maria hatte sich am Morgen angezogen, ich erinnerte mich an ihre Stimme. Kommst du heute Abend? Ich hatte ihre Schritte im Flur gehört, das Aufschwingen der Haustür, das Fahrrad, mit dem sie davonfuhr. Ich hatte noch ein wenig gedöst, geduscht, zwei Scheiben Toast gegessen und war dann zum Gericht gefahren.

Ich dachte kurz an einen Unfall. An ein Auto, das sie auf der Straße erwischt haben könnte. Aber es erschien mir nicht real. Ebenso wenig wie ein Überfall oder ein sonstiges Unglück. Es war keine Antwort, ohne dass ich das hätte erklären können. Sie war nicht in ihre Wohnung gefahren. Und sie ging nicht ans Telefon. Ich wählte die Nummer, und während ich wählte, wusste ich, dass es umsonst war.

Ich trank Wein, der Bauch wurde taub. Ich aß, weil es vernünftig war, zu essen. Ich deckte den Rest der Lasagne ab und stellte sie in den Kühlschrank. Ich putzte meine Zähne, ließ den weißen Spucke-Schaum langsam aus meinem Mund laufen und starrte ins Waschbecken. Ich pinkelte und betrachtete die Stellung meiner Füße, schob meine Fersen aneinander zu einem V. Auf dem Balkon war es warm, ich nahm meine Brille ab, und die Lichter verschwammen. Ich legte mich ins Bett. Ich roch an ihrer Decke, dem Kissen, ihrem T-Shirt. Ich nahm das Kissen in den Arm, ich sagte »Na, hallo« und fing an zu lachen. Als es kalt wurde im Bauch, ging ich in die Küche. Ich machte kein Licht. Das Radio war leise.

Jemand bohrte in der Wand, das weckte mich. Ich war sofort wach, mein Kopf war klar und empfindlich. Ich schaute auf meine Füße, es war Morgenlicht, selbst unter dem Küchentisch. Auf der Unterhose waren zwei trockene Rotweinflecken. Es war schwül gewesen in der Nacht, aber jetzt kam ich mir komisch vor, so nackt an diesem Tisch. Nebenan knackte etwas. Es knarrte. Der Boden vibrierte, wie von Schritten. Ich stand auf, mein Hals pochte. Der Rücken spannte sich. Ich ging rüber ins Zimmer, dort wo das Knacken herkam und die Schritte. Im Flur lächelte ich in den Spiegel, ein bisschen gebrochen noch, aber das würde schon wieder werden.

Im Zimmer war niemand. Nur der Fernseher lief.

Nach dem Duschen rief ich an. Zuerst versuchte ich es auf dem Handy, dann ließ ich mich mit dem Krankenhaus Pankow verbinden. Maria arbeitete dort als Krankenschwester, Innere Abteilung, Station 14.

Als sie mir zum ersten Mal von ihrem Job erzählt hatte, es war in meinem Bett, am Morgen nach der Party, sagte sie, dass sie genau wüsste, was ich jetzt denken würde. Dabei dachte ich gar nicht viel.

»Was soll ich denken? Krankenschwester ist ein schwerer Job. Verantwortungsvoll. Man muss für die Menschen da sein. Es gibt Schichtdienst. Die gesellschaftliche Reputation ist nicht so hoch, wie sie sein sollte. Und die Bezahlung wahrscheinlich auch nicht, oder?«

»Nein. Aber das meine ich nicht. Es geht mir um was anderes. Was man so über Krankenschwestern sagt.«

»Keine Ahnung, was sagt man so?«

»Dass wir gut im Bett sind. Wir sind so etwas wie Schwedinnen.«

»Und an jedem Klischee ist etwas dran, oder?«

»Ja, natürlich.«

»Juristen sind pervers«, sagte ich.

»Interessant.«

»Wir haben zu viel Macht, verstehst du? Unser größter Traum ist es, erniedrigt zu werden. Manchmal lässt ein Staatsanwalt eine Sekretärin in sein Zimmer kommen. Er hebt seine Robe, darunter ist er nackt. Man sieht seinen weißen Staatsanwaltsarsch. Er kniet sich auf einen Stapel Akten, mit Vorliebe auf solche, auf denen »Haft!« steht. Die Sekretärin tritt von hinten heran und verprügelt ihn ein bisschen. Sie lässt diesen Gerichtshammer auf seinen Hintern sausen, den sie zuvor beim Richter geklaut hat. Sie ruft: Was ist das, was ich hier mit dir mache? Los, sag, was ist das? Und er wimmert: Körperverletzung. Gefährliche Körperverletzung. Und sie antwortet: Nein, das ist Sachbeschädigung, hörst du! Sachbeschädigung!

Denn du bist nur ein verdammtes Stück Scheiße! Na ja, und dann geht das noch eine Weile so weiter.«

»Stimmt. Davon habe ich gehört«, sagte Maria. Sie lachte und das hatte mich ein wenig beruhigt. Wir lagen nebeneinander in meinem Bett und schauten an die Decke. Ich weiß, dass ich mir in diesem Augenblick komisch vorkam mit meiner Geschichte. Ich kannte Maria nicht, und es war nicht das, was man erzählt, wenn man mit einer Frau zum ersten Mal im Bett liegt.

Schwester Ruth war am Apparat und sagte, dass sie neu auf der Station sei und keine Schwester Maria kenne. Für heute stünde jedenfalls niemand im Dienstplan mit diesem Namen.

»Gut«, sagte ich, legte auf und rief wieder an.

»Schwimmer, wir hatten gerade gesprochen.«

»Wer?«

»Ja, David Schwimmer noch mal.«

»Sie sprechen verdammt leise. Ich hatte ›Kümmer dich mal‹ verstanden.«

»Es ist wegen Frau Hicks, Maria Hicks.«

Zum ersten Mal benutzte ich ihren Nachnamen. Ich fand, es klang dann alles wichtiger. Sie hatte ihn mir nie gesagt, er stand auf dem silbernen Klingelschild am Hauseingang. Es gab vier Reihen. Sie war der dritte Knopf von unten, außen rechts. Maria Hicks. Er passte irgendwie nicht. Maria war königlich. Hicks war Sodbrennen.

»Frau Hicks ist aber nicht da, das hatte ich Ihnen doch schon gesagt.«

»Wissen Sie vielleicht, ob sie gestern Dienst hatte?«

»Keine Ahnung. Gestern war ich nicht da. Aber hier steht keine Maria im Plan.«

Ich schaute auf meine Füße. Sie sahen kalt aus, blass. Wie Leichenfüße.

»Hören Sie, wer sind Sie eigentlich? Ihr Freund oder so?

Dann dürften Sie ja Bescheid wissen. Und wenn nicht, geht Sie das auch nichts an.«

»Ja klar, aber …«

Schwester Ruth war weg.

Im Fernsehen saß Bugs Bunny in einer Kanone.

Ich blieb bis zum Abend. Und bis zum nächsten Abend.

Am Anfang suchte ich. Ich riss den Kleiderschrank auf und schaute hinein. Ich wühlte in den Unterhosen, den T-Shirts, zwischen ihren Blusen, die aneinander gereiht auf den Bügeln hingen. Aber das alles sagte mir nichts. Ich kannte Maria kaum. Ich wusste nicht, ob etwas fehlte, eine Hose, ein Pullover, eine Reisetasche, es gab keine Hinweise für mich. Ich schaute in den Regalen, die wir am Tag ihres Umzugs abends zusammengeschraubt hatten. Ich durchblätterte Fotoalben, es gab wenige neue Fotos von ihr. Ich sah sie als Baby, im Kindergarten, auf irgendwelchen Klassenfahrten, in aufgeplusterten Bundjacken, es gab Fotos, wo sie an einem Fluss steht, ein Junge hält sie ungelenk im Arm. Sie war vielleicht achtzehn auf diesen Bildern. Ich fand drei, vier aktuelle Fotos, und eines steckte ich in meinen Rucksack. Maria lehnte an der Brüstung des Balkons, die Augen geschlossen. Hinter ihr die Gleise, das kleine Haus von der Bahn, die Sonne, milchig und matt.

Ich las in alten Briefen, in Glückwunschkarten, aber es blieb sinnlos und ohne Erkenntnisse, und bald fühlte ich mich wie ein ungeschickter Einbrecher. Ich versuchte, die letzten Wochen zu rekapitulieren, ich lauschte unseren Gesprächen nach, ich drehte die Worte, erinnerte mich an Gesten, aber es blieben nur Bruchstücke, die sich nicht zu einem Bild formten. Zu einer Antwort. Die Tage und Abende, an denen sie nicht konnte. Die Sache, die mir Maria irgendwann mal erklären wollte. Schwester Ruth, die keine Maria kannte. Das Foto in meinem Rucksack, das in den letzten Tagen jemand gemacht haben musste. Aber ich fand, das war alles nur Mist. Zeugs, das ich nicht verstand. Es war bisher nicht wichtig gewesen, und warum sollte ich ihm jetzt irgendeine Bedeutung schenken?

Ich saß auf einem Stuhl und schaute den Bahnen zu. Sie zogen schnell durch den Tag und gelb durch die Nacht. Die Schatten liefen über die Zimmerdecke. Verschwanden und tauchten wieder auf. Manchmal hoffte ich, dass die Wut kommen würde, schöne, warme Wut, aber ich wurde nur starr. Eine Fliege stieß gegen das Fenster. Der Fernseher redete. Es gab plötzlich so viel Zeit.

Ich stand auf.

Und setzte mich wieder.

16

Ich hob und senkte ihren Körper mit meinem Atem. Sie saß auf mir, so wie sie vor ein paar Wochen auf der Tischtennisplatte gesessen hatte, die Knie angewinkelt, das rechte etwas eingedreht. Ich hatte gleich begonnen, Maria auszuziehen, noch im Treppenhaus. Wir hatten nicht geredet, ich küsste, zerrte an ihrem Rock, und irgendwann tat sie es auch, es war schnell und hastig und grob. In Wahrheit hatten wir nicht miteinander geschlafen, wir hatten es getrieben, hatten gefickt.

Nun saß sie auf mir und war irgendwo anders.

»Bin ich dir zu schwer?«, fragte sie nach einer Weile.

»Ja, ein bisschen, aber wenn du die Bluse ausziehst, dürfte es wieder gehen.«

Sie lächelte.

»Die Bluse, sehr wohl.«

Maria knöpfte die Bluse auf und warf sie auf einen alten Koffer, den ich als Nachttisch nutzte. Sie streckte ihre Beine und wurde mir dadurch zu schwer.

»Und nun? Besser?«

»O ja, viel besser«, stöhnte ich.

Maria schloss die Augen, drehte sich langsam von mir runter und legte sich neben mich. Ich versuchte, meinen Arm um sie zu legen, es gelang aber nicht ganz, weil sie ihren Mund gegen meine Achsel drückte. Sie rührte sich nicht.

»Warum?«, sagte sie leise.

»Warum Männer unter den Achseln so stinken oder warum die Wohnungstür noch offen steht, welches Warum meinst du?«

»Warum war es diesmal so?«

Sie weinte, zum ersten Mal weinte sie vor mir, sie schluchzte nicht, atmete ruhig, ihr Gesicht war ernst und ausgeruht, es liefen nur Tränen aus den Augen.

»Nichts daran war schäbig«, sagte ich.

»Nein, ich weiß.«

»Ich kann dir nicht sagen, warum ich es getan habe.«

»Das ist gut«, sagte Maria.

»Sieht nicht aus, als sei das gut.«

Sie richtete sich auf, die braunen Haare lagen auf meiner Schulter, ihre Augen waren an den Seiten gerötet, ihre Wangen glänzten von den Tränen.

»Es gefällt mir, dass du so bist, dass du nicht nachdenkst.«

Ich küsste sie erst am Hals, an der Schläfe, den Brauen, später versuchte ich, ihr Gesicht von den Tränen zu befreien, aber es kamen immer wieder welche nach.

»Warum liebst du mich?«, fragte Maria.

Ich hatte ihr bisher nicht mal gesagt, dass ich sie mochte.

»Ich liebe dich nicht.«

»Tust du.«

Maria weinte, während sie mir das sagte, aber es schien sie nicht zu stören, sie wirkte ruhig, ausgeruht, fast zufrieden. Die Tränen, die aus ihren Augen kamen, bildeten kleine, dunkle Flecken, sie weinte in mein Laken, nichts weiter. Sie küsste meine Brust, nahm ihre alte Position unter meinem Arm wieder ein, legte ihre Hand zwischen meine Beine und schlief einige Zeit später ein.

Ich konnte nicht schlafen. Als ich die Wohnungstür zumachen wollte, sah ich ihre Reisetasche. Sie war schwer, und Maria schien sie zum ersten Mal zu benutzen, eine dunkelblaue Sporttasche, die nach Kaufhaus roch. Ich trug sie in die Küche und setzte mich an den Tisch, um nachzudenken. Maria hatte sich in mein Leben geschlichen, es hatte ihr darin gefallen, und jetzt wollte sie länger bleiben. Ich liebte Maria nicht, aber es war leicht mit ihr gewesen, natürlich und auf eine beruhigende Art vertraut, ich hatte das Gefühl, dass es in ihrer Welt weniger Probleme gab als in meiner. Ich würde sie am nächsten Morgen fragen, ob sie sich das mit dem Einziehen gut überlegt hatte, der Rest würde sich ergeben.

Am nächsten Morgen kam ich nicht dazu, am nächsten Morgen war Maria weg, und ich weiß nicht, wo sie ist.

TEIL 2

17

Vor einigen Wochen hatte ich Maria gefragt, wo sie herkommt.

»Philadelphia«, sagte sie.

»In Amerika?«

»In Brandenburg.«

»Wo genau?«

»Philadelphia bei Storkow, bei Königs Wusterhausen, bei Frankfurt an der Oder«, sagte sie, und ich dachte, dass drei »bei« eine ganze Menge waren, nur um zu erklären, woher man kommt. Gestern Abend hatte ich auf einer Karte den Ort gesucht. Er war ein winziger, schwarzer Punkt an einer Straße, umgeben von anderen Punkten, die Groß Schauen, Klein Schauen und Kolberg hießen. Orte, durch die man durchfährt, in denen die wenigsten halten, in denen die wenigsten bleiben. Maria war auch nicht geblieben. Sie vermisse nur den Fluss, hatte sie mir einmal gesagt. Der Fluss sei das Einzige.

Das Auto riecht nach Leder und Benzin, wir stehen an einer Ampel und reden nicht. Kein Wort. Es ist früh, die Stadt springt an, das Radio läuft, jemand hat Geld gewonnen, fünfhundert Euro.

Ich hatte »Morgen« genuschelt, als ich ins Auto einstieg.

Er hatte genickt, die Cola-Flaschen, das Schokoladenriegelpapier und die Illustrierte mit ruhigen Bewegungen vom Beifahrersitz geräumt und auf die Rückbank geschmissen. Ich legte meine Ledertasche dazu, er hatte das Schiebedach geöffnet, durch das schwüle Luft in den braunen Opel zog. Wir waren losgefahren, er schaute geradeaus und schwieg. Ich schaute durch die Seitenscheibe und schwieg. Nur der Motor dröhnte. Bald wurde die Stille anstrengend, sie zerrte an den

Nerven, und dann stellte er das Radio an, und wir konnten weiterschweigen, weil endlich jemand redete.

Ich weiß nicht, warum ich hier sitze. Ich hätte allein nach Philadelphia fahren können, ich brauche ihn nicht. Aber gestern war es das Einzige gewesen, was ich tun konnte. Er hatte so selbstsicher dagesessen, so selbstgerecht, und ich ahnte, dass er nicht nur gekommen war, um etwas über Maria zu erfahren. Er wollte sehen, wer ich bin. Er wollte sehen, wie ich reagiere. Wie mein Gesicht langsam an Farbe verlor. Das Letzte, was er wollte, war, mit mir zusammen in seinem Auto sitzen.

»Kein Problem«, sagte er.

»Gut«, sagte ich.

Ich schrieb meine Adresse auf und war sicher, dass er nicht kommen würde. Ich wäre nicht gekommen.

Am Morgen stand er mit seinem Auto vor meinem Haus. Der Motor lief. Einen Moment lang hatte ich überlegt, stehen zu bleiben, genau an dieser Stelle auf dem Balkon. Einfach einzufrieren. Er würde nicht lange warten. Ich schaute auf das braune Auto, aus dem Auspuff flimmerte Benzin. Ich wollte, dass es ein Ende hatte. Ich wünschte mir einen neutralen Zustand, in dem man nicht viel fühlt, in dem die Übelkeit im Magen, in der Kehle, ums Herz herum verschwindet. Ich schnürte die schwarzen Schuhe zu, nahm meine Tasche und schloss die Tür.

Die Ampeln verschwinden, wir fahren aus der Stadt, die Straße wird breiter, sie wird eine Autobahn, und der Motor klingt, als wäre er zu alt für diese Geschwindigkeiten. Franz lenkt mit der linken Hand, die rechte ruht auf seinem Oberschenkel. Einmal schien er etwas sagen zu wollen, aber dann hüstelte er, schaute weiter geradeaus und drückte so lange auf den Sendersuchlauf des Radios, bis jemand sang. Auf der Rücksitzbank liegt meine Ledertasche mit zwei Akten. Am Nachmittag habe ich zwei Verhandlungen, eine Körperverletzung und ein Dachdecker, der seinen Unterhalt nicht zahlt.

Ich trage ein weißes Hemd, einen Anzug und sehe durch das Fenster, wie die Stadt verschwindet, die Gewerbegebiete beginnen, die Felder, die Kiefernwälder, das ganze endlose Nichts, zerteilt von einer Autobahn. Ich fahre gerne aus der Stadt heraus. Ich habe dann das Gefühl, etwas zurückzulassen. In einem Flugzeug spürt man nichts davon. Man liest Zeitung, schaut die Mister-Bean-Kurzfilme, die es auf jedem Flug gibt, isst ein Alufoliengericht, und kurz vor der Landung hält man sich die Nase zu, presst Luft in die Ohren, so lange, bis es knackt, und plötzlich steht man mit seinem Koffer in einer fremden Stadt. Mit einem Flugzeug geht man nicht fort. Mit einem Flugzeug kommt man nur an.

Fünfzig Kilometer bis Philadelphia, fünfzig Kilometer zurück nach Berlin. In ein paar Stunden sitze ich im Gericht, Dr. Hagen hatte gestern nur mit den Schultern gezuckt, als ich ihn bat, morgen später kommen zu dürfen.

»Das müssen Sie wissen, ob Sie das dürfen«, sagte er.

Er lächelte, und ich hätte ihm in diesem Augenblick gerne die Hosenträger abgeschnitten. Ich hatte zuvor mit Franz in der Kantine gesessen, ich fühlte mich betäubt und sagte: »Ich glaube, ich darf.«

»Frankfurt/Oder?«, fragt er.

Die Autobahn teilt sich.

»Ja«, sage ich.

Er dreht das Radio lauter. Ich drehe das Lüftungsgebläse vor mir zu, weil mir kalt ist, und frage mich, wie es zwischen Franz und Maria gewesen sein muss. Beschissen, denke ich. Und das ist der erste schöne Gedanke an diesem Morgen.

Ich schaue ihn an. Er sieht gut aus, wenigstens das. Ein Fetter mit teigigem Gesicht, jemand, der zwanzig Jahre älter ist, oder ein stiernackiger Idiot, all das wäre noch schwerer zu ertragen, weil ich es noch weniger verstünde. Natürlich hatte ich gehofft, dass da nicht viel war. Auch deshalb war ich enttäuscht gewesen, als er mich abholte. Es schien ihm ernst zu sein. Er ließ Maria nicht einfach gehen.

»Friedersdorf?«, fragt er.

»Ja«, sage ich.

Der Blinker klickt monoton, wir fahren ab, runter von der Autobahn, auf eine Landstraße mit zwei engen Spuren. Er hat mich mitgenommen, weil es praktisch ist, ein Navigationssystem zu haben. Wahrscheinlich hat er vorher in keine Karte geguckt. Es war unnötig. Er hat gewusst, dass ich das tun würde.

Regentropfen klatschen auf die Scheibe, fette, große Tropfen, die Straße beginnt zu glänzen, es geht ganz schnell, ein klopfender, heftiger Regen. Ich schaue auf die Scheibenwischer, die hektisch nach links und rechts hetzen, ihre schmalen, zuckenden Gelenke, wahrscheinlich werden sie irgendwann einfach wegfliegen – und plötzlich fliegt einer weg.

»Scheiße«, sagt Franz.

Er bremst, steigt aus und rennt durch den Regen, die Schultern hochgezogen. Autos schießen an ihm vorbei, hupen, er steht für ein paar Sekunden unentschlossen auf der Straße. Dann rennt er auf die andere Seite, bückt sich kurz, ein vorbeifahrendes Auto besprüht ihn, er weicht erschrocken zurück, und ich muss plötzlich lachen. Er rennt wieder, schlägt hastig die Tür zu und sitzt.

»Nass«, sagt er.

»Ach«, sage ich.

Er guckt sich den Wischer an, dann wirft er ihn auf die Rückbank zu den Cola-Flaschen, dem Schokoriegelpapier und der Illustrierten und lässt den Motor an.

Flache Häuser ziehen vorbei, zwei Frauen, eingehüllt in lange Umhänge, die wie durchsichtige Tischdecken aussehen, stehen mit ihren Fahrrädern an einem geschlossenen Bahnübergang. Regen dampft auf der Kühlerhaube. Wahrscheinlich hat Maria auch hier gesessen, mit ihren braunen Schuhen in seinem braunen Auto. Die rissigen Sitze, der Ledergeruch, es ist irgendwie eine Fickerkarre.

Als wir losfuhren, war ich sicher, dass Maria nicht dort sein würde. Jetzt bin ich mir sicher, dass sie es doch ist. Vielleicht hat es mit Philadelphia zu tun, ihren Eltern, dem Fluss. Ich habe das Gefühl, ihr näher zu kommen, einfach weil ich diesen Dingen näher komme. Sie gewinnt wieder an Kraft. In letzter Zeit war es mir schwer gefallen, mir ihr Gesicht in Erinnerung zu rufen, ihre Stimme, die oft etwas belegt klang, aber wie genau, wusste ich schon nicht mehr. Es ist alles erst ein paar Wochen her, aber Maria verblasste bereits, sie vermischte sich mit anderen Gesichtern, und das machte mich verrückt.

Er fährt langsamer, blinkt, biegt nach links ab, kurz hinter dem gelben Ortseingangsschild stoppt er den Wagen und schaut mich an. Wahrscheinlich halten hier oft Leute, um ein Foto zu machen. Sie stellen sich vor das Schild eines Ortes, der zu klein ist für seinen Namen und den man eigentlich sofort vergessen würde. Sie lachen, so wie ich auch gelacht habe an einer gottverlassenen, staubigen Straßenkreuzung in Andalusien, vor einem Schild, auf dem »San Francisco« stand. Dahinter, davor und daneben nichts als Olivenbäume.

»Die 37«, sage ich.

»Das Haus muss irgendwo am Fluss liegen.«

Der Opel brummt langsam durch den Ort. Die Straße ist neu, rechts und links flache, unauffällige Häuser mit kleinen Gärten, an den Zäunen Schilder, die sagen, dass in den Gärten ein Hund sitzt, weswegen man besser klingeln sollte. Manchmal steht jemand am Gartentor, guckt uns hinterher, dem B auf dem Nummernschild, durch das Schiebedach zieht der Geruch von gemähtem Rasen. Die Straße krümmt sich, aber alles bleibt gleich. Kein Laden, Bäcker, Fleischer, kein Gasthaus. Ich denke an die S-Bahn, die vor Marias Wohnung entlangfährt, die kreischenden Züge. Stille sei ein Geräusch, das sie nicht ertrage. Ruhige Wohnungen seien nichts für sie. Ich hatte nie richtig verstanden, was Maria damit meinte. Vielleicht muss man aus einem Ort wie diesem kommen, um es zu verstehen.

Das Haus erkenne ich sofort. Es ist das einzige direkt am Ufer. Dahinter der Fluss.

18

Marias Mutter steht auf der kleinen Veranda des Hauses. Sie trägt eine blaue Schürze mit einem verwirrenden Karomuster, darüber eine Strickjacke. Das Haus ist schmal, fast etwas zu klein für das Grundstück, mit einem spitzen Dach. An den Ecken sieht man unverputzte Stellen. Marias Mutter schaut erst David an, dann den Opel, schließlich mich. Ich stelle mir kurz Maria in dem Garten neben dem dünnen Haus vor, versuche aber, den Gedanken wieder zu unterdrücken und mir stattdessen zu überlegen, was sie sagen wird, wenn sie uns hier sieht.

Die Eltern sind etwas Privates, Persönliches, intimer, als jemanden zu küssen oder das Bett zu teilen. Für die meisten sind sie ein Geheimnis, das sie hüten, eine Art Problemzone, zu der man sich nicht gern bekennt. Man liebt seine Eltern vielleicht, aber man glaubt nicht, dass es einfach wäre, einem anderen zu vermitteln, warum das so ist. Häufig stellt man die Eltern seinem Freund oder seiner Freundin nicht vor, man gesteht sie ihnen ein.

»Guten Tag, Frau Hicks, mein Name ist David Schwimmer. Wir hatten vor einigen Tagen miteinander telefoniert.«

Davids Stimme klingt fest, fester als heute Morgen, als ich ihn abholte. Vermutlich ist es die Stimme, die er nutzt, wenn er bei Gericht ist. Ein klarer, verbindlicher Ton, der zum Anzug passt. Gestern in der Gerichtskantine dauerte es eine Weile, bis er ihn wiedererlangt hatte. Er saß vor mir und schaute durch mich durch, so wie heute Morgen, als er die Beifahrertür öffnete, sein Jackett auf die Rücksitzbank legte, sich hinsetzte, seine Hand auf der kleinen Plastiklehne. »Guten Morgen«, hatte er gesagt, und ich hatte mich gefragt, was an diesem Morgen gut sein sollte, und nicht geantwortet. Wir haben während der Fahrt kaum gesprochen. Das einzige Thema hätte Maria sein können, wie sie sich kennen gelernt haben, wie es klang, wenn sie »Liebster« sagte, wie sehr er sie vermisst. Aber es gibt nichts, was mich zurzeit weniger interessiert als Davids beschissene Erinnerungen an Maria. Schlimm genug, dass es welche gibt.

Vorhin auf der Autobahn dachte ich, dass es dennoch gut ist, ihn dabeizuhaben. Seine Anwesenheit verschlimmert alles, macht es für Maria schwerer. Es ist so, als hätte ich ein Paket Sprengstoff zur Aussprache mitgebracht. Ich weiß nicht, ob es klug ist, sich so zu verhalten, wahrscheinlich nicht, aber der Gedanke, alles gegen die Wand zu fahren, ist der schönste, den ich seit Tagen hatte.

Es wird laut. Eine Kreissäge wird im Nachbargrundstück eingeschaltet. Ich schaue mich um und sehe hinter dem Jägerzaun einen dickeren Herrn im Blaumann, der Holz zuschneidet. Marias Mutter blickt rüber und winkt. Er winkt zurück und macht ein paar Schritte auf den Zaun zu.

»Lassen Sie uns ins Haus gehen«, sagt sie.

Wir gehen durch den Flur ins Wohnzimmer. Es ist das Haus von Leuten, die sich schon lange nicht mehr fragen, ob man etwas anders einrichten sollte. Wahrscheinlich steht alles seit Jahren an derselben Stelle. Die Schrankwand ist braun, und der Verkäufer hat damals gesagt, dass man sich so eine Qualität nur einmal im Leben kauft. Die Eckbank ist mit Kissen bedeckt und hat sicher eine praktische Kiste unter der Sitzfläche, in der man viel verstauen kann. Das Wohnzimmer ist aufgeräumt, in dunklen Tönen gehalten und irgendwie um den großen Fernseher herum gruppiert. Ich sehe keine Bücher, nur ein paar Fernsehzeitschriften auf dem Couchtisch. Marias Mutter hat sie nicht gestapelt, sondern aufgefächert wie in einem Wartezimmer, daneben liegen drei nach Größe sortierte Fernbedienungen, Fernseher, Video, Sat, eingepackt in durchsichtiger Schutzfolie. Man verschüttet schnell mal was.

David schaut mich an, als sei ich jetzt dran, etwas zu sagen. Ich drehe mich zur Seite und schaue durch das Fenster auf den Fluss hinter dem Haus.

»Möchten Sie einen Kaffee?«

»Gern«, sagt David.

Die kleine Durchreiche zur Küche hat zwei Schiebetüren aus Milchglas. Durch den kleinen Spalt, den sie lassen, kann ich Marias Mutter sehen. Sie stellt ein Tablett auf die Anrichte, eine Dose Zucker, etwas Milch, Tupperware mit Keksen, die Kanne mit dem Filterkaffee und drei weiße Porzellantassen mit rotem Muster, wie man sie in Wirtshäusern bekommt. Während sie den Kaffee vorbereitet, beginnt sie zu erzählen. Von ihrem Mann, der früher die Drescher in der LPG reparierte und heute als Vertreter von Industrierasenmähern arbeitet. Seit der Wende gab es die LPG nicht mehr, und die jungen Leute würden wegziehen, nach Berlin oder gleich richtig, in den Westen. Sie erzählt von Philadelphia, den Nachbarn, der freiwilligen Feuerwehr, der beim letzten Einsatz der Löschwagen abbrannte. Sie erzählt von Maria, wie sie immer am Fluss spielte und als kleines Mädchen Frösche ins Haus schmuggelte, die sie vor dem Zähneputzen ins Klo spülte, weil sie dachte, dass die Kanalisation ins Meer führt, und ihrer Meinung nach auch Frösche mal Urlaub am Meer machen sollten.

Es ist wie eine Flucht. Sie erzählt, beschreibt, schmückt aus, und ich frage mich, wie lange sie das durchhalten will. Sie redet, als sei das die einzige Möglichkeit, Fragen zu verhindern.

David sitzt links von mir, er schiebt den kleinen Keks, den Marias Mutter auf die Untertasse des Kaffees gelegt hat, mit seinem Mittelfinger hin und her. Niemand könnte aus diesem Gesicht schließen, was er gerade denkt.

Dann blickt er auf.

»Ist Maria krank?«

Marias Mutter schenkt sich Kaffee nach.

»Hat sie Ihnen das erzählt?«

»Nur angedeutet.«

»Ihr geht es gut«, sagt die Mutter.

Maria hat nichts angedeutet. Maria hatte manchmal Kopfschmerzen, wenn das passierte, ging sie in mein Zimmer, hörte sich zwei Bach-Kantaten und George Michael an. Sie war manchmal müde, schlief etwas unruhig, aber sie ist Krankenschwester, ich hielt das für normal.

»Wo geht es ihr gut?«, frage ich.

Marias Mutter antwortet nicht.

»Ich mache mir Sorgen«, sagt David.

»Sie haben keine Vorstellung davon, was es bedeutet, sich Sorgen zu machen, junger Mann. Es geht ihr aber gut, ich kann Sie beruhigen. Es ist alles in Ordnung.«

David schaut auf seine Tasse. Der Nachbar fängt wieder mit der Kreissäge an. Marias Mutter geht zur Balkontür und macht sie zu.

»Darf ich Ihre Toilette benutzen?«

»Im Flur, hinter der Treppe.«

Ich gehe zum Flur, an der Garderobe und der massiven Anrichte vorbei, ich höre, wie sich David und Marias Mutter unterhalten, kann aber nicht verstehen, was sie sagen.

Das Bad ist klein, in der Ecke steht eine Waschmaschine. Auf dem Boden, auf der Kloschüssel, vor dem Waschbecken, überall sind kleine Teppiche aus Handtuchstoff, ein Frotteeparadies in Grellgelb. Ich setze mich auf die Kante der Badewanne und versuche, nachzudenken.

Maria ist nicht krank. Maria ist seltsam, manchmal eigen, verworren, nicht immer nachvollziehbar, aber nicht krank. Ich erinnere mich, wie sie von dem Bollerofen sprach, den sie in eine Beziehung mitbringe, um den anderen zu wärmen, wie sie die Augen beim Sex zumachte, dass sie nie Tangas, sondern die buntesten Schlüpfer der Welt trug, die sie Killer-Schlüs nannte.

Ich ziehe die Spülung, damit es sich anhört, als habe es einen Sinn gehabt, auf die Toilette zu gehen. Als ich an der großen Anrichte neben der Treppe vorbeikomme, sehe ich einige Briefe. Davids Anzugstimme hallt vom Wohnzimmer her. Der oberste Brief ist an der Seite aufgerissen, er ist an Maria adressiert, der Absender ist ein Krankenhaus.

Ich stecke den Brief ein, gehe ins Wohnzimmer und beschließe, später zu überlegen, warum ich das getan habe.

19

Liebe Maria Hicks,

wie ich Ihnen bereits am Telefon mitgeteilt habe, müssen wir bis zur endgültigen Zusage bezüglich Ihrer Aufnahme die Entscheidung der Aufnahmekonferenz abwarten. Bitte rufen Sie mich in den nächsten Tagen an, um einen Termin absprechen zu können. Die Konferenz wird unter Beteiligung des Bewerbers, einer etwaigen Vertrauensperson sowie den Vertretern unseres Hauses abgehalten.

Zusätzlich möchte ich Sie noch bitten, bei Ihrem Besuch einen formlosen, von Ihnen unterschriebenen Aufnahmeantrag mitzubringen. Ebenfalls benötigen wir das ärztliche Gutachten und die Kostenzusage Ihres Kostenträgers.

Es grüßt Sie herzlich

Carline Berger

Pflegedienstleitung, Klinik Großbrücken, Abteilung IV

Eine halbe Stunde später biege ich auf die Autobahn Richtung Berlin ein. David faltet den Brief wieder zusammen, schiebt ihn langsam in den Umschlag zurück und liest noch mal den Absender, bevor er ihn mir zurückgibt. Er hat lange gebraucht, um ihn durchzulesen, länger als ich, dabei sind es nur ein paar Zeilen.

»Großbrücken«, sagt er.

»Ja.«

»Weißt du, wo das liegt?«

»Nein, nie gehört.«

Ich will es auch nicht wissen, ich will meine Ruhe, ich will nach Hause. Rainer ist im Urlaub, und ich muss, bevor es heute Abend losgeht, noch kontrollieren, ob der Obst-Mensch nicht wieder irgendeinen Quatsch geliefert hat. Letzte Woche musste ich ihm erklären, dass Kiwis kein annehmbarer Ersatz für Limetten sind, schon gar nicht für eine Cocktailbar, die Caipirinhas verkaufen möchte.

»Warum ditte?«, hat er gefragt.

»Ich glaube, Großbrücken liegt in Mecklenburg«, sagt David, »irgendwo dort oben.«

»Hast du eine Deutschlandkarte im Auto?«

»Nein, nur einen Stadtplan.«

Ich versuche, einen Lastwagen zu überholen, muss es aber zweimal aufgeben, weil der Opel die Steigungen nur langsam hochkommt. Beide Male komme ich bis auf die Höhe des Fahrers, dann beschleunigt der Penner. Nur ein wenig, gerade so viel, dass ich nicht mithalten kann und mich hinter ihm einordnen muss. Als ob er wüsste, wie viel mein Auto noch bringt.

Ich weiß nicht, wie oft ich den Brief gelesen habe. Oft. Ich war wütend auf sie, über Tage hatte sich das angestaut, war in mir gewachsen, und nichts wollte ich mehr, als ihr alles vor die Füße zu werfen, und nun hat ein Brief alles verändert. Die Wut ist nicht weg, aber jetzt schäme ich mich dafür, ich schäme mich für das aufrichtigste Gefühl, das ich seit langem hatte.

»Fährst du bitte auf die Tankstelle hier?«, fragt David.

Ich fahre ab und halte neben dem Eingang zum Tankstellengeschäft. Er geht rein und spricht mit dem Kassierer und kommt mit einer Karte wieder raus.

»Wir brauchen drei, vier Stunden.«

»Du willst da hinfahren? Gestern wolltest du nicht mal zur Mutter.«

David faltet die Karte etwas umständlich zusammen.

»Gib mir mal die Karte.«

Großbrücken liegt am Ende der Welt, man muss fast bis zur Ostsee hoch und dann lange über Landstraßen. Rainer wird mich umbringen, wenn ich ihm sage, dass er aus dem Urlaub einen Ersatz für mich organisieren soll. Robert kann keine Cocktails machen, außerdem will ich nicht wissen, was er mit der Kasse macht, wenn ihn niemand kontrolliert. Es gibt noch ein paar Aushilfen, die manchmal am Wochenende einspringen, die kann er anrufen. Er wird es schon verstehen, und wenn nicht, kann ich ihm auch nicht helfen.

David läuft über den Parkplatz. Sein Hemdrücken ist völlig zerknittert. Ich lese noch mal den Brief, den ich bald auswendig kann.

20

Ich kann mich nicht erinnern, wann ich das letzte Mal gelogen habe. Ich meine keine alltägliche Lüge, nichts, was man aus Höflichkeit oder Bequemlichkeit tut, sondern eine große, erfundene Geschichte. Ich fand lügen immer anstrengend. Ich wurde nie das Gefühl los, dass meine Körperhaltung, meine Stimme und mein Blick alles verrieten, dass es für jeden sichtbar war, dass ich log. Gute Lügner haben nicht die besseren Geschichten, oft sind ihre Geschichten sogar lausig, aber gute Lügner denken für einen Augenblick, dass sie gerade die Wahrheit erzählen. Darum glaubt man ihnen.

Ich stehe an einer Tankstelle, gleich neben den Toiletten, drücke das Handy an mein Ohr, schaue auf Menschen, die ihre Autos bleifrei betanken, die Scheiben von toten Insekten befreien, in kleinen Pappbechern Automatenkaffee balancieren, die Autobahn rauscht, und ich weiß nicht, was ich sagen soll. Auf dem Boden steht die Tüte mit Eistee, Kaugummis und zwei Zeitungen für die Fahrt. Zeitungen sind so langweilig wie nur irgendwas, aber ich habe die Karte gesehen, ich habe gesehen, wo Großbrücken liegt, und ich weiß, wie der Opel kämpfen muss. Vielleicht fahren wir hundertzwanzig, vielleicht sind wir in drei Stunden dort, und in dieser Zeit muss ich irgendwas machen, und wer Zeitung liest, von dem erwartet niemand, dass er viel redet. Ich höre ein paar Sekunden dem Telefonhörerton zu, dann lege ich auf. Eine Lüge muss vorbereitet sein, und ich bin nicht vorbereitet. Selbst die Wahrheit klingt wie ausgedachtes, wirres Zeug: Ich fahre in eine Klinik. Ich suche dort eine Frau, die vielleicht meine Freundin ist. Ich weiß nicht, ob sie dort ist, und wenn ja, warum sie dort ist, und der andere Typ, der vielleicht auch ihr Freund ist, von dem sie mir aber nie erzählt hatte, weiß es leider auch nicht, aber wir fahren da jetzt mal gemeinsam hin, wir zwei Freunde dieser Frau. Alles wird sich klären, wäre nur schön, wenn Sie heute Nachmittag meine Verhandlungen übernehmen könnten, Herr Dr. Hagen. Ginge das?

Ich ahne, wie es weitergeht.

Tja … wird er sagen. Und schweigen.

Ist das ein großes Problem für Sie?, werde ich fragen.

Das habe ich nicht gesagt, wird er sagen. Und schweigen.

Er weiß, dass es einen nervös machen kann, am Telefon nur ein leises Atmen zu hören.

Sie wollen heute also nicht kommen?, wird er schließlich fragen.

Sie verstehen mich nicht richtig. Ich will kommen, aber ich kann nicht.

Ja, dann habe ich Sie wohl nicht richtig verstanden, wird er sagen.

Tut mir Leid, dass ich Ihnen Umstände mache, aber es ist wirklich so eine Art Notfall.

Na ja, letztendlich müssen Sie selbst wissen, ob Sie heute Lust haben oder nicht, Herr Schwimmer, wird er sagen. Und auflegen.

Ich würde das Gespräch gerne umgehen, andererseits kann ich nicht einfach die Verhandlung platzen lassen. Für einen Referendar, der den Staatsanwalt vertritt, ist das das Letzte, was er tun sollte. Es ist denkbar, dass der Angeklagte nicht kommt, der Verteidiger den Termin vergisst, der Richter gähnt. Aber der Staatsanwalt ist die Strafverfolgungsbehörde. Die Inquisition. Er wollte diesen Prozess, er hat ermittelt, geprüft, eine Anklage geschrieben, und jetzt sieht es plötzlich so aus, als wäre die Sache nicht mehr wichtig. Eine Anklage verliert an Berechtigung, wenn der Ankläger nicht kommt.

Ein Reisebus fährt auf die Tankstelle, parkt direkt vor mir, die Türen öffnen sich mit einem Zischen. Busreisende steigen aus und strömen auf die Toilette und in das Tankstellengeschäft, und ich denke daran, dass es nicht mehr weit ist bis nach Polen. Von hier aus ist Polen sogar näher als Berlin. Dann tippe ich wieder die Nummer der Geschäftsstelle. Frau Geißler nimmt ab, ich höre ihre beleidigt klingende Stimme.

»Herr Schwimmer, was gibt's denn?«

»Haben Sie etwas zum Schreiben da, Frau Geißler?«

»Na hören Sie mal, natürlich habe ich etwas zum Schreiben da. Wir sind die Geschäftsstelle, wir schreiben den ganzen Tag. Alle denken anscheinend, wir hätten hier nichts zu tun und vertreiben uns die Zeit mit netten Gesprächen und Aus-dem-Fenster-Gucken und so und um zwölf sitzen wir in der Kantine, dann kochen wir ein bisschen Kaffee und gucken stundenlang in die Dose mit dem Kaffeeweißer, bevor wir wieder aus dem Fenster gucken, aber …«

»Frau Geißler, es ist dringend.«

»Na ja, ist ja schon gut, wollt ich bloß mal sagen. Wo stecken Sie denn, Herr Schwimmer, was sind denn das für Geräusche im Hintergrund?«

»Ein Reisebus und die Autobahn.«

»Aber wo stecken Sie denn?«

»Ich stecke in Polen, Frau Geißler.«

»In POLEN? Aber Sie haben heute …«

»Ich weiß, ich habe Verhandlung …«

»Zwei Verhandlungen …«

»… ja, ich weiß, verdammt.«

»Was ist denn los mit Ihnen?«

»Frau Geißler, bitte. Es ist dringend. Sagen Sie Dr. Hagen Bescheid, nein, schreiben Sie ihm einen Zettel, dass ich …«

»Na, da verbinde ich Sie am besten gleich mal. Das ist doch viel einfacher.«

»NEIN, nicht verbinden.«

»Also …«

»Ich habe keine Zeit. Schreiben Sie ihm bitte einen Zettel,

dass ich heute nicht kommen kann, dass er meine Verhandlungen übernehmen soll, dass ich in Polen bin, in Danzig, und ich mich morgen bei ihm melde und alles erklären werde. Ach so, es ist ein Notfall. Sagen Sie ihm das bitte, Frau Geißler, ja?«

»Sie reden so komisch, Herr Schwimmer.«

»Das ist die Verbindung.«

»Na ja, wenn Sie meinen. Danzig soll aber sehr schön sein, nicht wahr?«

»Ja, Frau Geißler. Danzig ist schön.«

21

Ich frage mich, wie ein Barbesitzer reagiert, der in seinem ersten Urlaub seit Jahren angerufen wird und von einem Angestellten gesagt bekommt, dass dieser nicht vorhat, zur Arbeit zu kommen. Ein Angestellter, dem Kasse, Bankschließfach und Geheimnummer fürs Geschäftskonto überlassen wurden. Ein Angestellter, der unbedingt die Getränkelieferungen überprüfen sollte, ein Angestellter, der als Lösungsvorschlag für das von ihm verursachte Problem Robert vorschlägt, einen Kellner, der keine Ahnung von Cocktails hat und manchmal ein bisschen klaut.

»Rainer Marsch.«

»Hi, Rainer, hier ist Franz.«

»Was ist los? Alles klar im Cindy?«

»Ja, alles klar.«

»Warum rufst du dann an?«

»Ich kann heute Abend nicht.«

Kleine Pause.

»Franz, ich bin im Urlaub!«

»Robert ist da.«

»Robert? Ist ein Witz, oder? Was ist los?«

»Es geht eben nicht.«

»Es geht eben nicht? Was ist denn das für ein Spruch? Wo bist du überhaupt?«

»Keine Ahnung. Irgendwo bei Königs Wusterhausen.«

»Von dort brauchst du eine Stunde nach Hause.«

»Weißt du noch, wer Maria ist, die Kleine, die mich manchmal nach Feierabend abgeholt hat?«

»Was ist mit ihr?«

»Sie liegt in einer Klinik in Großbrücken.«

»Was hat sie?«

»Keine Ahnung.«

»Und warum Großbrücken?«

»Keine Ahnung.«

»Okay, könntest du mir erzählen, wovon du Ahnung hast?«

»Ich habe die Mutter besucht, weil Maria sich seit Wochen nicht mehr bei mir gemeldet hat. Die Mutter hat nichts erzählt, dann habe ich einen Brief geklaut, der an Maria adressiert war.«

»Was stand drin?«

»Dass sie in einer Klinik in Großbrücken ist.«

»Und da fährst du jetzt hin?«

»Genau.«

»Und das kann nicht warten?«

»Nein.«

»So.«

»Ist die Wahrheit.«

»Klingt wie eine Lüge.«

»Ja, ich weiß. Soll ich Robert anrufen?«

»Und was willst du ihm sagen? Hallo, Robert, das Helle, Durchsichtige ist Wodka, vielleicht aber auch Gin, siehst du aber Palmen auf dem Etikett, dann doch Rum.«

»Was ist mit einer der Wochenendaushilfen?«

»Warum, denkst du, heißen die Aushilfen? Ich will denen nicht die Kasse anvertrauen.«

»Es tut mir Leid.«

»Bist du wenigstens verknallt in sie?«

»Was weiß ich?«

»Du lässt mich hier knietief im Dreck zurück, um eine Frau zu besuchen, die dir egal ist? Wenn das stimmt, schwör ich dir, dass ich dich rausschmeiße.«

»Was willst du hören? Dir muss ich ja nicht erzählen, wie es ist, einer Frau nachzurennen.«

»Nein, musst du nicht. Wann kommst du zurück?«

»Heute Nacht irgendwann. Wenn's gut läuft, schaue ich noch im Laden vorbei und mach die Kasse.«

»Gut, sonst noch was?«

»Nein.«

Mein »Danke, Rainer« hört er nicht mehr.

22

Das rote Licht beginnt um kurz nach drei zu leuchten. Er stellt den Ton des Fernsehers leiser, und ich schaue auf das rote Licht, direkt über der Tür. Rot ist ein beunruhigendes Zeichen. Die Dinge geraten plötzlich in Bewegung, und man muss etwas tun.

Bislang war nichts passiert, alles war ruhig. Keine Schritte im Flur, kein Telefon, niemand, der klopfte, seinen Kopf durch die Tür steckte, keine Fragen. Wir hatten im Zimmer auf den gepolsterten Stühlen gesessen und gesehen, wie es dunkel wurde, wie die Laternen auf dem Gelände angingen, die Lichter in den Fenstern, das flackernde Blau der Fernsehgeräte, wie die meisten der Lichter mit der Zeit wieder erloschen, das Fenster stand offen, manchmal hörten wir Schritte von der nahen Straße herüberwehen. Auf dem großen Tisch mit den sechs gepolsterten Stühlen steht eine Thermoskanne mit Kaffee.

Kai war vor Stunden hereingekommen, einen Motorradhelm unter dem Arm, hatte die Kanne auf den Tisch gestellt. Tassen sind im Schrank, hatte er gesagt, Milch im Kühlschrank, dann war er verschwunden, und ich dachte, er muss ein richtiges Motorrad haben, ein Moped schafft das nicht, ein Moped unter seinem Hintern sieht albern aus, so dick, wie er ist. Die Zeit begann zu versickern. Ich schaute nicht mehr auf die Wanduhr. Der Fernseher lief, Franz rauchte. Er hatte vier Stühle aneinander gereiht, sich darauf ausgestreckt, die Fernbedienung in der rechten Hand, er lag ruhig da, Rauch floss aus seiner Nase, er zappte hin und her, einmal lachte er, weil ein Japaner sagte, dass Europäer für ihn alle gleich aussehen würden. Das Zimmer war eierschalenfarben. Die Wände und die Tür glänzten matt. Über dem Tisch hing eine tropfenförmige Lampe, so tief, dass ich mir den Kopf stieß, als ich mich setzte.

Ich las die Zeitungen durch, das lenkte mich ab. Jeden Artikel, jede Nachricht. Ein Mann fuhr auf einem Rasenmäher durch Amerika. Er fuhr vier Kilometer pro Stunde. Er würde Monate brauchen. Das ist Zeit, hatte ich gedacht. Das ist Langsamkeit. Wahrscheinlich wird man irgendwann verrückt, ein verrückter Rasenmähermann. Oder man wird unendlich ruhig. Man kann in einem Hornissenschwarm stehen und bewegt sich nicht mehr. Nicht schneller als vier Kilometer pro Stunde.

Ich wurde müde. Hinter meiner Stirn brannte es. Manchmal schloss ich die Augen, ohne dass ich schlafen konnte, ich kippte nicht weg. Ich lauschte in den Flur. Der Kaffee machte das Herz schnell, der Kopf blieb umdämmert. Ich dachte an die Sätze, die ich sagen würde, sollten ein Arzt oder eine Schwester plötzlich in der Tür stehen.

Ist alles kein Problem, hatte Kai gesagt. Nachts wollen hier alle nur schlafen. Unter seinen Achseln hatten sich auf dem weißen T-Shirt riesige dunkle Inseln gebildet, wahrscheinlich hassten ihn seine Kollegen dafür, dass er so schwitzte, dass er so erbarmungswürdig nach Schweiß roch. Er hatte uns seine Nummer zurückgelassen, ein Zettel in krakeliger Kinderschrift. Er ging, wir blieben, das war das Geschäft. Es war kurz nach drei, und wir gehörten nicht in dieses Zimmer. Wir trugen weiße Pflegerkittel, die uns nicht passten. Wir wollten nur die Nacht überstehen und hofften auf den Morgen. Bis dahin durfte nichts passieren.

Das rote Licht leuchtet. Irgendwas wird passieren.

Am Abend waren wir in Großbrücken angekommen. Der Ort hatte einen Bahnhof aus Klinkersteinen, den üblichen Marktplatz, ein altes Hotel mit kleinen, schmiedeeisernen Balkonen, das »Rosengarten« hieß. Von hier aus war es nicht mehr weit bis zum Meer. Auf dem Weg hatten wir uns ein paarmal verfahren, manchmal hielten wir, weil der Motor des Opels zu heiß wurde. Es dampfte unter der Kühlerhaube. Franz stand daneben, wartete, bis der Dampf verschwand, goss Kühlwasser nach und rauchte eine Zigarette. Ich saß am Rand der Straße im Gras, löste die Manschettenknöpfe meines Hemdes, krempelte die Ärmel hoch, sah an meiner schwarzen Anzughose herunter, zu den schwarzen Socken, den schwarzen, lackglänzenden Schuhen und fühlte mich wie ein Industriellensohn, den man entführt hatte.

In Großbrücken fuhren wir über Kopfsteinpflaster zum Marktplatz. Der braune Opel klapperte wie ein alter Werkzeugkasten, am Hotel »Rosengarten« stieg ich aus und fragte nach dem Weg. Die Frau an der Rezeption nickte und zog einen kleinen Plan hervor. Großbrücken war voller Einbahnstraßen, und die Frau an der Rezeption kannte jede einzelne, und ich dachte, das ist das Schöne an einer kleinen Stadt, dass jeder Bescheid weiß, in Berlin weiß niemand Bescheid, schon gar nicht über Einbahnstraßen.

Wir hielten vor einem vierstöckigen, hufeisenförmigen Bau, der vermutlich in den fünfziger Jahren an den Rand der Stadt gestellt worden war. Ich nahm den Brief der Klinikleitung und steckte ihn in meine Jacketttasche. Er war etwas Offizielles, und auch wenn ich diese Angewohnheit an mir hasse, so beruhigt es mich doch jedes Mal, ein Papier dabeizuhaben, wenn ich einen Ort betrete, an dem Papiere wichtig sein könnten. Wir gingen zu einem kleinen, gläsernen Verschlag, in dem ein Mann saß, grau und mürrisch. »Abteilung IV?«, fragte ich, »Haus drei«, sagte er ohne aufzuschauen, sein Kopf nickte leicht nach links, und wir gingen links einen breiten Sandweg entlang, der gerahmt war von gepflegten Beeten und Rosenbüschen. Männer und Frauen in raschelnden Trainingsanzügen kamen uns entgegen, die

Jacken um den Bauch gebunden. Der Abend war warm und trocken und überall standen die Fenster des großen hufeisenförmigen Gebäudes offen, als wollte man es beatmen. Es war ewig her, dass ich ein Krankenhaus betreten hatte. Damals starb mein Großvater, ich muss acht oder neun gewesen sein und freute mich fast darüber, dass er starb. Wir besuchten ihn an seinem Geburtstag und zu Weihnachten, seine Augen starrten durch große Brillengläser, ich fand, er sah aus wie eine knochige Eule, und wenn ich ihm die Hand gab, zog ich sie schnell wieder fort, weil ich sein Zittern nicht ertrug. Er roch nach Essen und Haarwasser. Manchmal zog er mich zu sich runter, um mir etwas ins Ohr zu flüstern. Seine Lippen waren rissig und sein Atem widerlich warm, als hätte er ewig in seinen Lungen gelegen, und ich drehte mich weg und sagte: Ja, Opa. Er lag immer in diesem einen Zimmer. Ich kannte ihn fast nur im Bett liegend oder in einem Bademantel auf der Bettkante sitzend, und eine Zeit lang spielte ich mit ihm ein Spiel, das mir sehr gefiel. Ob es ihm gefiel, kann ich nicht sagen. Er hat es nicht bemerkt. Er vergaß alles. Seine Erinnerung hielt eine halbe Stunde, dann ging ich aus dem Zimmer, wartete kurz, kam wieder hinein, er guckte mich an und sagte: Na, wer ist denn da? Das ist aber eine Überraschung! Ich ging raus, kam wieder rein, ging raus, rein, ich lauerte auf seinen Satz wie auf die Reaktion einer Maschine und war erst zufrieden, wenn ich neben seinem Bett stand und er die Augen aufriss, freudig-staunend und zum hundertsten Mal sagte: Na, wer ist denn da? Das ist aber eine Überraschung! Mein Großvater konnte nichts, er starrte nur Decken und Wände an, manchmal fing er ohne Grund an zu brüllen, und ich hielt ihn für dümmer als unseren Hund.

Krankenhäuser heißen jetzt Kliniken, aber eigentlich hat sich nichts verändert, dachte ich, während wir Haus drei durch eine schwere, weiße Pendeltür betraten, vor uns ein Fahrstuhl, links und rechts ein langer Gang mit Neonröhren an den Decken. Es ist wie mit Gerichten. Gerichte ändern sich auch nie.

Wir fuhren mit dem Fahrstuhl in die zweite Etage, stiegen aus und betraten durch eine Milchglastür Abteilung IV. Ich schaute einen langen Flur entlang, er war leer. Keine Patienten, keine Schwestern, vielleicht war es zu spät, vielleicht war das Wetter zu gut. Die Wände glänzten matt in Hellblau, es war eine ungewöhnliche Farbe für ein Krankenhaus, heiter und kindlich, und ich dachte an Marias Küche, die wir im gleichen seltsamen Blau gestrichen hatten. Irgendwo quietschte etwas. Schritte auf Linoleumboden. In der Mitte des Ganges stand eine Tür offen, jemand steckte seinen Kopf heraus.

»Ja, hallo?«

Kai war Krankenpfleger, wog bestimmt 130 Kilo, sein Gesicht war rund wie ein Ball und ging sofort in die Schultern über. Auf der Stirn lag ein glänzender Schweißfilm.

»David Schwimmer«, sagte ich und überlegte, ihm die Hand zu geben, ließ es dann aber. Sie sah unangenehm weich aus.

»Wir möchten Maria Hicks besuchen.«

Er schaute uns an, die Arme vor der Brust verschränkt, sein großer, massiger Körper an den Türrahmen gelehnt.

»Frau Hicks?«

»Wir haben eine Mitteilung, einen Brief.«

»Aha«, sagte er.

Ich zog den Brief aus meiner Jacketttasche.

»Und was steht drin?«, fragte Kai gelangweilt, ohne sich den Brief anzusehen.

»Dass Frau Hicks hier in Behandlung ist. Klinik Großbrücken, Abteilung IV.«

»Das soll da drinstehen?«

»Ja. Warum nicht?«

Er nahm mir den Brief aus der Hand, schaute auf die Vorderseite des Umschlags und gab ihn mir wieder zurück.

»Der Adressat des Briefes ist Frau Hicks«, sagte er.

»Ja?«

»Warum sollten wir einen Brief an eine Frau Hicks schreiben, in dem wir ihr mitteilen, dass sie hier in Behandlung ist? Wenn sie es wäre, wird sie es wohl selbst bemerkt haben, oder? Ist doch bescheuert.« Er machte eine wischende Handbewegung vor seinem Gesicht.

»Sicher«, sagte ich und wusste einen Augenblick lang nicht weiter. Ich schaute an Kai vorbei in den Raum. Auf einem hellen Holztisch lagen vier Tablettenschachteln, unter dem Tisch stand ein Karton mit Windeln, es gab gepolsterte Stühle, einen Computer, einen Fernseher, ein Abwaschbecken voller Teller und Tassen. »Behandlungszimmer« stand an der Tür, aber dafür sah es erstaunlich unmedizinisch aus. Ich fragte mich, was sie hier behandeln wollten.

»Wir kommen extra aus Berlin, wissen Sie?«

»Aus Berlin? Das ist aber ein ganzes Stück«, sagte Kai.

»240 Kilometer«, sagte ich.

»Und 240 Kilometer wieder zurück. Macht dann 480 Kilometer. Wahnsinn«, sagte Kai.

Er sah nicht beeindruckt aus.

»Jetzt würden wir gerne Frau Hicks besuchen.«

»Das sagtet ihr schon.«

Er duzte uns plötzlich.

»Welches Zimmer hat sie?«

Ich machte einen Schritt den Flur hinunter.

Kai bewegte sich nicht.

»Gar kein Zimmer«, sagte er.

»Wieso?«

Er wurde langsam unangenehm.

»Wir haben hier keine Maria Hicks. Sag ich doch schon die ganze Zeit.«

Ich starrte ihn an.

»Tut mir Leid für euch. Mann, 480 Kilometer.«

Er schüttelte belustigt den Kopf.

»Aber warum habt ihr nicht angerufen? Ich meine, es gibt ja jetzt Telefon. Auch im Osten.«

Er lachte. Es klang wie Bellen. Spitz und heiser. Ich fühlte mich plötzlich müde, mein Magen schmerzte.

»Was seid ihr eigentlich für zwei komische Typen?«

Kai holte ein Taschentuch heraus und schnaubte laut hinein. Wahrscheinlich hatten sie ihn in der Schule immer verprügelt. Fette Kinder wie er wurden oft verprügelt. Jetzt war er zu groß geworden. Er hatte die Figur eines dicken Türstehers. Ein Türsteher mit Stirnglatze und Zopf. Einer für Discotheken auf dem Land.

»Wir sind Freunde von Maria. Sehr gute Freunde.«

»Aha, Freunde«, murmelte Kai und betrachtete den frischen Inhalt seines Taschentuchs. »Freunde, gute Freunde.« Er zerlegte das Wort, kaute darauf herum, aber er sah nicht zufrieden aus. Freunde wissen, wo die Freundin ist. Sie fahren nicht sinnlos umher. Wir hatten nicht mal Blumen dabei.

»War Maria hier?«, fragte ich.

»Das darf ich nicht sagen.«

Er legte den Zeigefinger an den Mund.

»Schweigepflicht, wisst ihr.«

»Klar«, sagte ich. »Die Schweigepflicht.«

Er schaute mich an, dann Franz und grinste dämlich.

»Euch hat jemand verarscht, oder?«

»Hey«, sagte Franz. Ich sah, wie es hinter seiner Stirn arbeitete, etwas schwoll an, war kurz davor, auszubrechen, ich trat langsam auf seinen linken Fuß. Seine Augen blitzten wütend, ich hielt seinen Blick, und dann steckte er die Hände in die Hosentaschen. Ich lächelte Kai an.

»Kann man so sagen«, sagte ich kumpelhaft.

»Tja, der gute Kai sieht so was.«

Er ging in das Behandlungszimmer und ließ sich schnaufend auf einen Stuhl fallen.

»Kommt, setzt euch.«

Er goss Kaffee in drei Tassen. Seine Finger wühlten in einer Schale mit Keksen und Schokolade, er entschied sich für Schokolade.

»Nervennahrung«, sagte Kai.

»Also, wer hat euch zuerst verarscht?«

»Schwer zu sagen«, sagte ich.

»Maria?«

»Schon möglich.«

»Bestimmt. Sie ist schlau.«

»Du kennst sie also? Maria war hier?«

Er legte wieder den Zeigefinger an den Mund.

»Schweigepflicht heißt Schweigepflicht, damit man nicht das Schweigen bricht.«

Kai lachte. Unter seinem weißen T-Shirt liefen kleine Wellen entlang.

»Allerdings«, er hob bedeutsam den Zeigefinger, »manchmal gilt auch: Die Schweigepflicht heißt Schweigepflicht, aber heute schweig ich nicht.«

Kai bebte jetzt. Fett schwimmt gut, dachte ich. Und Fett lacht gern.

»Es gibt also einen Ermessensspielraum für die Schweigepflicht?«

»Richtig. Und Ermessen tut immer der Ermesser. Und der Ermesser bin ich.«

Kai stand auf, suchte seine Zigaretten, fand sie im Wandschrank neben dem Kaffee, setzte sich wieder und zündete sich eine an. Sie sah winzig aus in seiner Hand.

»Was wollt ihr eigentlich von Maria? 480 Kilometer fährt man ja nicht einfach so, ohne Grund.«

»Wir wollen nur mal Hallo sagen, bisschen reden, gucken, ob es ihr gut geht und so.»

»Reden, ja? Da würden mir aber ein paar andere Dinge einfallen bei ihr.«

Er blinzelte mir zu. Ich lächelte verschwörerisch. Was für ein Arschloch.

»Na ja, müsst ihr wissen. Wenn ihr reden wollt, wollt ihr reden. Vielleicht ist das ja in Berlin gerade das große Ding. Sich gegenseitig geil quatschen und so. Gibt's eigentlich noch die Loveparade?«

»Soviel ich weiß.«

»Auch geil«, sagte Kai. »Bei uns gibt's einfach zu wenig Titten, weißt du. Irgendwann kennst du hier alle.«

Ich schaute auf seine Hände. Sie waren knochenlos, ohne Konturen, patschig. Sie sahen aus, als wären sie ständig feucht. Wahrscheinlich hatte Kai nie eine Frauenbrust berührt. Bis auf seine eigene. Leute wie Kai gehen in den Puff, dachte ich. Vermutlich gab es hier sogar einen, den Puff von Großbrücken.

»Warum kam Maria eigentlich in die Klinik?«

Kai stand auf, ging zum Waschbecken, holte einen Aschenbecher heraus, stellte ihn auf den Tisch und strich den langen grauen Aschezapfen, der sich an seiner Zigarette krümmte, daran ab.

»Das kommt darauf an«, sagte Kai und grinste mich an. »Der Ermessensspielraum weitet sich, er kann sich aber auch verengen, je nachdem, ob der Ermesser zufrieden ist.«

Er lehnte sich auf seinem Stuhl zurück. Der Stuhl knackte.

Ich holte einen Zehn-Euro-Schein aus der Tasche und legte ihn in die Keksschale.

»Mich dünkt, der Ermesser ist sehr verärgert«, sagte Kai.

Er lachte. »Mich dünkt«, persiflierte er sich selbst mit spitzem Mund.

Ich wühlte in meiner Hosentasche, spürte ein paar Scheine und versuchte, ihren Wert zu ertasten, ohne sie herauszuholen. Ich schmiere gerade einen Krankenpfleger, dachte ich. Und zwar so billig wie möglich.

Ein Zwanzig-Euro-Schein fiel in die Keksschale.

»Was sagt der Ermesser?«, fragte ich.

»Oh, oh, der Ermesser ist immer noch unzufrieden, leider, leider, leider.«

Ich legte wieder zwanzig Euro in die Keksschale. Es war ein seltsamer Tag. Ich hätte zwei Verhandlungen führen sollen. Als Staatsanwalt. Jetzt stiftete ich einen Pfleger zu einer Straftat an. Ich wechselte die Seiten, es fiel mir nicht mal schwer, nur die Geschwindigkeit erstaunte mich. Ein einziger Tag.

Kai nahm die drei Scheine in die Hand. Er streifte sanft über die Spitzen und legte sie vor sich auf den Tisch.

»Fünfzig Euro«, sagte er. »Hundert D-Mark. Das ist viel Geld. Sehr viel Geld.«

Dann schob er es zu mir rüber.

»Was ist?«

»Ich weiß nicht«, sagte Kai.

»Fünfzig Euro!«

»Ich glaube, ich will gar kein Geld«, sagte Kai.

»Mich dünkt, Geld ist langweilig.« Seine Stimme rutschte wieder nach oben. Er spitzte den Mund.

»Ja, langweilig, klar«, sagte ich. Scheiße, dachte ich.

Kai schien zu überlegen, was er wollte, was er fordern würde. Ich betrachtete einen Kalender der Evangelischen Verlagsanstalt, der neben dem Fenster hing. Das Juli-Foto war ein See, groß und glatt und schwarz. Im Zwielicht. Es war eines dieser Fotos, die in Gemeindehäusern hängen oder im Eingangsbereich von Kirchen. Man weiß nie so richtig, warum, aber sie strahlen immer dieses seltsame Gefühl von Tiefe und Erleuchtung aus. Selbst ein Keks würde auf so einem Foto leuchten, dachte ich. Ein Keks im Zwielicht.

Kai stand auf und setzte sich vor den Computer.

»Kommt, ich zeig euch mal was.«

Der Bildschirm zuckte grell, Zahlenkolonnen und Zeichen liefen am unteren Rand entlang, Kai tippte ein paarmal auf der Tastatur herum, und ich dachte daran, dass es im Krankenhaus in Großbrücken Computer gab, vermutlich sogar auf jeder Station, und in Berlin Staatsanwälte in Büros saßen mit einem Satz angekauter Bleistifte und einem Telefon mit Wählscheibe wie in diesen alten Schwarz-Weiß-Filmen. In meinem Büro gab es nicht mal einen Anrufbeantworter.

Kai kratzte sich am Rücken. Ich roch seinen Schweiß.

»Verdammte Hitze«, sagte er.

»Ja, Bullenhitze«, sagte ich.

»So«, sagte er.

Kai rückte mit dem Stuhl ein Stück nach hinten und deutete auf den Bildschirm. Eine Seite erschien. Ich schob meine Brille zurecht, beugte mich über den Bildschirm. Maria Hicks, las ich. Geboren am 1. Oktober 1975 in Beeskow, Brandenburg, ledig, Eltern: Monika Hicks, Richard Hicks, dann folgten Adressen, Zahlen, Überweisungen, Namen von Ärzten, immer wieder lateinische Begriffe, mit denen ich nichts anzufangen wusste, vielleicht Medikamentierungen, es war alles zu viel, Daten zogen vorbei, ich sah den letzten Eintrag der Klinik Großbrücken, eine Art kurzes Gutachten, und dann klickte es, und der Bildschirm wurde schwarz.

»Was ist?«

Seine Finger lösten sich vom Netzschalter.

»Das war die Akte Hicksssss, aber die gibt es nicht für nixsssss«, sagte Kai.

Ich schaute auf den Speichelnebel, der sich auf den Bildschirm legte. Kleine, feine Spucketropfen. Kai lachte kurz und gähnte. Er streckte seine Arme, dann stand er auf.

»Ich glaube, ich geh jetzt mal nach Hause. Es ist doch Sommer, oder?«

»Ja, und?«

»Ich halte das für eine gute Idee. Der gute Kai hat immer solche guten Ideen, und diese hier gefällt ihm ganz besonders.«

»Aber du hast Dienst.«

»Genau genommen: ja. Bis morgen früh um sechs. Dann kommt die Frühschicht.«

Er öffnete einen Wandschrank, schaute uns an, als würde er uns vermessen, holte zwei weiße Kittel heraus und legte sie über meine Stuhllehne.

»Wollt ihr noch Kaffee? Kaffee ist die einzige Rettung in der Nacht. Kaffee und Fernsehen.«

Er kramte eine Thermoskanne aus dem Schrank, schraubte den Deckel auf, roch hinein, schüttelte angewidert den Kopf, stellte sie in die Spüle und ließ Wasser hineinlaufen.

»Was sollen die Kittel und der ganze Quatsch?«

»Die Kittel zieht ihr an und bleibt hier sitzen. Ihr trinkt Kaffee, guckt Fernsehen, langweilt euch, werdet furchtbar müde und versucht, nicht einzuschlafen. Ihr übernehmt meinen Nachtdienst. Am Morgen komme ich, gucke, ob ihr keinen Scheiß gebaut habt, und dann bekommt ihr sie.«

Kai zeigte auf den Computer. Die Akte war sein Angebot. Ein gutes Angebot, wir würden sie brauchen. Wahrscheinlich ahnte er das. Marias Verschwinden, die Mutter, die davon gesprochen hatte, dass ich nicht wüsste, was Sorgen sind, der Brief der Klinik, Abteilung IV – wir waren losgefahren, aber wir wussten immer noch nichts.

Ich legte einhundert Euro in die Keksschale, mein gesamtes Bargeld. Ich verstand nicht, warum Kai so viel riskieren wollte. Sie würden ihn rausschmeißen, wenn jemand davon erfuhr. Irgendeine Komplikation in der Nacht, ein Patient, der medizinisch betreut werden musste und dem wir nicht helfen konnten. Ein Todesfall womöglich. Kai musste verrückt sein.

»Hundert Euro«, sagte ich und tippte mit dem Finger an die Keksschale. »Zweihundert D-Mark.«

Er reagierte nicht.

»Lest nicht so viel«, sagte Kai und zeigte auf den Zeitungsstapel, der auf einem der Stühle lag.

»Macht nur müde.«

Er hielt sich eine Hand an die Wange, schloss kurz die Augen und ließ den Kopf leicht zur Seite kippen. Dann grinste er. Wahrscheinlich war er wirklich verrückt.

»Was ist bei einem Notfall?«, fragte ich.

»Gibt's hier nicht.«

»Oder jemand hat ein Problem. Eine OP-Narbe, die in der Nacht nachblutet, Schmerzen, Insulin-Geschichten, irgendwas mit dem Herz, dem Blutdruck, dem Katheter, was weiß ich.«

»Gibt's hier alles nicht«, sagte Kai, »könnt ganz beruhigt sein. Das hier ist eine Psychiatrie. Die Leute haben andere Probleme. Und in der Nacht, wisst ihr, was sie da am liebsten machen?«

Kai legte wieder die Hand an die Wange, schloss kurz die Augen und ließ den Kopf zur Seite kippen.

»In der Nacht, da schlafen sie.«

23

Ich glaube, dass Kai vorhin nicht geahnt hat, wie kurz ich davor war, ihm die Tastatur seines Rechners ins Gesicht zu rammen. Für einen Moment war alles seine Schuld. Abteilung IV, die Fahrt, Philadelphia, Großbrücken, David, Maria, und als er fragte, warum wir kein Geschäft machten, wir drei Hübschen, wusste ich nicht, was mich zurückgehalten hatte. Zum Glück hatte David geredet. Mit dem Anzug unter dem Kittel sieht wenigstens einer von uns wie ein Mediziner aus. Mein Kittel ist tailliert und ist mir zu klein. Woran die Patienten denken, wenn sie mich sehen, will ich gar nicht wissen, an einen Zivi wahrscheinlich, an einen, der zehn Jahre zu spät seinen Dienst angetreten hat und bei der Einstellung darauf bestand, Frauenkittel zu tragen.

Eine Lampe über der Tür geht an, ein starkes, aufgeregtes Rot, es ist nicht zu übersehen. Jemand ruft einen Pfleger. Soll David sich darum kümmern.

Als er vorhin ruhig blieb, während Kai immer unverschämter wurde, musste ich an einen Dokumentarfilm über Lotusblumen denken, den ich mal im Fernsehen gesehen hatte. An diesen Pflanzen bleibt nichts haften, alles, ganz gleich was, perlt ab, Staub, Schmutz, Wasser, nicht mal Klarlack. Je mehr Zeit ich mit ihm verbringe, desto mehr denke ich, dass auch David so ist.

Ich schaue an mir herunter, sehe die Spitzen des Kittels, die Turnschuhe, den Linoleumboden, und frage mich, was ich von ihr weiß. Gar nichts, das ist was mir der Kittel, das Krankenhaus, der Boden, der gesamte Tag sagt. Wer sie ist, was sie denkt, was sie hat, wo sie ist, das wären meine Fragen, und die Antwort lautet, einen Scheiß, genau das weiß ich.

Ich drücke die Zigarette aus, stehe auf und gehe zur Tür.

Die Feuerschutztüren sind zugezogen. Es ist dunkel, aber meine Augen hatten im Zimmer genug Zeit, sich an die Dunkelheit zu gewöhnen. Es ist die Stille, die mich stört. Die Gummisohlen meiner Schuhe quietschen auf dem Boden, und wenn ich sie etwas schleifen lasse, wird das Geräusch lauter und schriller. Im rechten Flügel brennt keines der Lichter an den Türrahmen, die runden Lampen an den Seiten des Ganges sind heruntergedimmt. Es muss auf der anderen Seite sein. Ich gehe zurück, stoße die schwere Zwischentür auf und sehe das rote Licht. Zweite Tür, rechts.

Am liebsten wäre es mir, wenn ich jetzt reingehe und der Patient mir sagt, dass er aus Versehen an den Knopf gekommen ist und dass es ihm schrecklich Leid tut.

Ich klopfe.

»Da bist du ja endlich«, sagt eine Frauenstimme.

Kein Versehen.

Ich greife den Plastiktürgriff und trete ein. In dem Zimmer stehen drei Deckenfluter und eine Stehlampe; das Oberlicht, der Strahler über dem Waschbecken und die Leselampe am Nachttisch, alle sind an.

»Wer sind Sie? Ich kenne Sie nicht.«

Ich muss die Augen zusammenkneifen.

»Wer sind Sie?«, fragt die Frau.

»Eine Vertretung.«

»Wo ist Kai?«

»Kai musste weg, ich übernehme seine Vertretung.«

»Das ist nicht Ihr Kittel. Der gehört Karin.«

Ich gehe zum Waschbecken, um den Strahler auszumachen.

»Lassen Sie das. Sie sind kein Pfleger.«

»Was möchten Sie?«

»Was ist Fevarin?«

»Weiß ich nicht.«

»Ein Antidepressivum. Das sollten Sie wissen, wenn Sie Pfleger sind.«

»Weiß ich aber nicht. Möchten Sie etwas, oder kann ich gehen?«

Die Frau ist alles andere als müde. Sie sitzt im Schneidersitz auf ihrem Bett, den Rücken hat sie an die Wand gelehnt. Ich werde nicht fragen, warum sie aus ihrem Zimmer ein Sonnenstudio gemacht hat, und auch nicht, warum sie kein Nachthemd trägt, sondern Bluse und Faltenrock. Sie legt das Buch in ihrer Hand zur Seite und schaut mich an.

»Kais Kittel hätte Ihnen nicht gepasst, Sie sind nicht so dick wie er. An Ihrer Stelle hätte ich auch Karins Kittel genommen.«

»Hören Sie, ich muss mich auch noch um andere Dinge kümmern.«

»Ach ja, um welche Dinge denn? Um welche Dinge kümmert man sich um drei Uhr in der Früh auf der Station?«

»Kann ich jetzt gehen?«

»Ich brauche aber was, ich habe nicht einfach so den Rufknopf gedrückt.«

Bei den ganzen Lampen hier wahrscheinlich eine Sonnenbrille, denke ich.

»Schön, was brauchen Sie?«

»Gesellschaft.«

»Dafür bin ich nicht zuständig.«

»Und ob Sie das sind. Das ist das Einzige, wofür Sie überhaupt zuständig sind. Kai macht nichts anderes. Er leistet uns Gesellschaft, das ist seine Aufgabe.«

»Kai ist nicht da, das habe ich Ihnen schon gesagt. Morgen kann er sich wieder um Sie kümmern.«

»Er hört sowieso nicht zu. Nicht zuhören, das können Sie auch.«

»Ich muss aber im Behandlungszimmer sein, falls mich irgendjemand braucht.«

»Ich bin schon lange hier, und Sie können sicher sein, dass ich die Einzige bin, die nachts klingelt. Bei den anderen ist nichts so gesund wie ihr Schlaf.«

»Kann ich wenigstens die Lichter ausmachen?«

»Die Fluter, aber Sie machen sie wieder an, wenn Sie rausgehen.«

Ich schiebe die Regler zurück und nehme mir einen Stuhl. Auf dem Nachttisch steht ein voller Aschenbecher.

»Darf ich rauchen?«

Sie wartet, bis ich eine Zigarette aus der Schachtel genommen habe, und sagt: »Natürlich nicht.«

Ich schiebe die Zigarette zurück.

»Worüber möchten Sie reden?«, fragt sie.

»Worüber ICH reden möchte? Sie haben doch den Knopf gedrückt.«

»Mir ist es egal, worüber wir uns unterhalten. Das Schöne an neuen Gesprächspartnern ist, dass man sich am Anfang die besten Geschichten erzählen kann. Je länger man sich kennt, desto weniger spektakulär sind die Geschichten, die man sich erzählen kann. Mit Kai ist es ziemlich langweilig mittlerweile. Möchten Sie wissen, warum ich hier bin?«

»Ja, das würde mich sehr interessieren.«

»Ein Ironiker, wie nett, ein ironischer Pfleger.«

»Ich bin kein Pfleger.«

»Ich weiß, und was sind Sie?«

»Barkeeper.«

»Barkeeper in Großbrücken?«

»Ich arbeite in Berlin.«

»Und was macht ein Berliner Barkeeper in Karins Kittel mitten in der Nacht in Haus drei, Abteilung IV?«

»Wer von uns beiden hat geklingelt? Sie brauchen jemanden zum Reden, nicht ich.«

»Sie müssen mir das nicht erzählen, aber wie die Bar heißt, in der Sie arbeiten, das können Sie mir doch verraten?«

»›Cindy liebt mich nicht‹.«

»Wie suggestiv, sehr nett. Warum liebt Sie Cindy nicht?«

»Lange Geschichte.«

»Nur zu, ich werde erst in zwei Wochen entlassen. Ist es eine eher schöne oder eine traurige Geschichte?«

»Ist das ein Widerspruch?«

»Sie haben Recht. Ich würde vorschlagen, dass ich anfange zu erzählen. Wir wollten darüber reden, warum ich hier bin.«

»Stimmt, genau darüber wollten wir reden.«

»Ich bin wegen meiner Depressionen hier, aber wie gesagt, nicht mehr lange. Ich werde bald entlassen.«

»Hoffnungslos?«

Sie lacht laut.

»Sie gefallen mir, nein, nicht hoffnungslos, jedenfalls ist es nicht das, was der Arzt sagt, er hat das Wort geheilt benutzt.«

»Hat er Recht?«

»Er ist nicht sonderlich kompetent, würde ich sagen. Ich denke nicht, dass ich geheilt bin, ich weiß gar nicht, ob das geht. Was denken Sie, bin ich geheilt? Oder würden Sie sagen, dass ich mich noch mal reinhängen sollte, die letzten zwei Wochen?«

»Das sage ich Ihnen, wenn wir uns eine Weile unterhalten haben.«

»Was sagt Ihnen Ihr Gefühl?«

»Reinhängen kann nicht schaden.«

»Haben Sie ›Einer flog übers Kuckucksnest‹ gesehen?«

»Ja.«

»Ihre Lieblingsszene?«

»Als der Indianer am Ende des Films das Waschbecken aus der Verankerung reißt, es durch das Fenster wirft und über den Garten abhaut.«

»Die Szene finden die meisten am besten.«

»Sie vermutlich nicht.«

»Ich bin depressiv, mir gefällt der Anfang besser.«

»Wie lange sind Sie schon hier?«

»Fünf Monate, aber wahrscheinlich komme ich irgendwann wieder. Meine Depression ist zyklisch.«

»Wissen Sie, woran es liegt?«

»Sie meinen, ob mein Vater sich an mir vergangen oder mich als Kind verhauen hat oder meine Mutter sich eigentlich einen Jungen gewünscht hatte, solche Sachen?«

»Zum Beispiel.«

»Nein, nichts davon. Ich kann Ihnen nicht sagen, woran es liegt, es passiert. Genau genommen sind Sie nur Zuschauer. Hatten Sie schon mal Depressionen?«

»Nein.«

»Danken Sie Gott jeden Tag dafür. Stellen Sie sich vor, Sie wachen morgens auf, und mit einem Schlag haben Sie verlernt zu lachen, glücklich zu sein. Einfach weg. Sie empfinden nichts, außer ein wenig Hass, Ekel, Abscheu, vor allem gegen sich selbst, aber hauptsächlich nichts. Sie haben das Gefühl, eine Ölpest in Ihrem Gehirn zu haben, die alles verklebt und verseucht, eine hübsche Tankerkatastrophe, ganz für Sie allein, zwischen Ihren Schläfen. Ich wette, Sie haben noch nie darüber nachgedacht, wie sich Hoffnung anfühlt? Ich meine ganz konkret, wie fühlt sich das an? Hoffnung? Ich habe mir das früher ständig vorgestellt, in den guten Phasen habe ich versucht, mir zu merken, wie sich das anfühlt, wo genau das Gefühl sitzt, um mich später, in den schlechten Phasen, daran zu erinnern.«

»Funktioniert das?«

»Natürlich nicht. Hoffen, dass man die Hoffnung nicht verliert, so was Blödes.«

»Wie lange haben Sie das schon?«

»Lange. Möchten Sie wissen, wie es losging? Es war lächerlich, so lächerlich. Wir sollten im Kunstunterricht ein Stillleben machen, Kunst war mein Lieblingsfach. Ich nahm mir einen Bildband mit Kunstdrucken aus der Schulbibliothek, auf dem eine hübsche Obstschale zu sehen war, und stellte sie als kleine Installation nach. Jedoch mit modrigem, verfaultem Obst, an dem nichts Appetitliches mehr war. Fragen Sie mich nicht, was ich damit ausdrücken wollte. Damit ging ich zur Schule und stellte die Arbeit in der Klasse vor. Mein Lehrer war begeistert, er lief um mein Werk, betrachtete es genau und interpretierte Dinge hinein, an die ich nie gedacht hatte. Plötzlich stieg aus der Mitte der Schale eine kleine Fruchtfliege auf. Sie umkreiste einen Apfel und setzte sich an den Rand der Silberschale. Der Lehrer erstarrte. Anschließend hielt er einen langen Vortrag, in dem er begründete, warum ein Stillleben nichts Lebendes zum Inhalt haben dürfe. Ich bekam eine Sechs. Thema verfehlt. Die Klasse kriegte sich nicht mehr ein vor Lachen. Ich habe damals im Unterricht nicht geweint, das weiß ich noch, aber am nächsten Morgen begann die erste Depression meines Lebens. Mehrere Monate saß ich völlig verstört in meinem Zimmer. Es gab sogar eine Konferenz, in der sich der Lehrer und der Direktor bei mir und meinen Eltern entschuldigten, aber es half nicht. Ich lag in meinem Bett und weinte, über Wochen. Seit dem Tag mit dem Stillleben kommt das in unregelmäßigen Abständen wieder, verteilt über die Jahre, ein, zwei, drei Jahre Ruhe, dann ein Rückfall. Man könnte vielleicht denken, dass ich eine gewisse Routine haben müsste, stimmt aber nicht. Man kann der Krankheit viel vorwerfen, aber nicht, dass sie langweilig wird. Sie ist jedes Mal anders. Möchten Sie wissen, warum es diesmal am schlimmsten war?«

Ich nicke.

»Vorher hätte ich aber gern eine Zigarette.«

»Sie haben mir doch gerade verboten, hier zu rauchen.«

Sie lächelt.

»Da waren Sie mir noch unsympathisch. Ich finde, wir sollten eine rauchen.«

Wir stecken uns die Zigaretten an. Sie nimmt einen tiefen Zug und bläst den Rauch an die Decke.

»Ich wusste beim letzten Mal, dass ich Tom verlieren würde, Tom war mein Mann. Fast zwanzig Jahre waren wir verheiratet, seit dem Abitur. An der Akademie war mir das fast schon peinlich, Tom und ich haben beide Kunst studiert, erst in Hamburg, später in Florenz. Sie können als Kunststudent alles machen, Kühe aufpumpen, bis sie platzen, Hitler als Ölserie, als Schwulenporno mit Goebbels, alles okay, aber bitte nicht in einer monogamen Beziehung leben, das ist die letzte Provokation. Sie können sich vorstellen, wie das war, als harmonisches Doppelpack zwischen unseren Kommilitonen, die sich durchs Studium vögelten, als gäbe es dafür Galerieverträge. Die Wahrheit war, dass ich Tom hatte und keinen anderen wollte. Die meisten Dinge in meinem Leben breiteten sich vor mir aus wie ein fahriger Entwurf, eine Skizzensammlung, Tom war es, der alles zusammenhielt. Er akzeptierte, dass ich nur bei Licht schlafen konnte, er hielt mich im Arm, weil ich weinte, obwohl wir beide nicht wussten, warum, er ertrug, dass ich die Lust am Sex verlor, während ich Medikamente nahm. Ich habe nie mit einem anderen Mann geschlafen und weiß nicht, ob ich es könnte. Ich traf den Mann meines Lebens in der Oberstufe, so viel Glück haben wenige. Seit drei Monaten ist er weg.«

Sie drückt die Zigarette aus.

»Möchten Sie wissen, warum er gegangen ist?«

»Das wollen Sie mir erzählen?«

»Sie klingen, als sei Ihnen das peinlich. Würden Sie es an meiner Stelle erzählen?«

»Nein, würde ich nicht.«

»Lassen Sie solche Sachen ruhig drin, die modern hübsch weiter, und irgendwann halten weder Sie noch irgendjemand in Ihrer Umgebung den Gestank aus.«

Sie nimmt sich eine zweite Zigarette.

»Ich hatte immer mal wieder schlechte Phasen, musste

das Studium unterbrechen, war unansprechbar, verzog mich, und jedes Mal war es schwer für Tom. Wenn es in Ihrem Kopf losgeht, die Scheiße sich über alles verteilt, Sie lähmt und Sie in ein Monster verwandelt, hält das niemand lange in Ihrer Nähe aus, Sie würden ja auch gehen, wenn es ginge. Tom hat es versucht. Mit Zureden, mit Ruhe, mit Wegfahren, Michaufbauen, erfolglos natürlich. Ich war in meinem Zimmer, weinte, schaute die Wand an. Das war mein Leben und somit auch seins. Vergangenes Silvester schließlich haben wir bei Freunden verbracht. Tom und ich hatten zu viel getrunken, und als ich ihn auf dem Balkon fragte, was er sich vom neuen Jahr wünschte, sagte er, Gesundheit. Ich wusste, dass er nicht seine Gesundheit meinte, sondern meine. Ich war glücklich in dieser Nacht. Am nächsten Morgen wachte ich auf, Tom drehte sich zu mir, sein Blick fror ein, in Sekunden. Er stand auf, und ich blieb im Bett liegen. Zwei Wochen. Sie liegen da und wissen, dass Sie Ihren Mann verlieren werden, wenn Sie sich nicht zusammenreißen, den Mann, den Sie lieben, der es verdient, dass Sie sich zusammenreißen. Es ist viel stärker als Sie. Ich hasste ihn, unser Leben und am meisten mich. Ich lag da und wusste, dass dieses Silvester auf dem Balkon das letzte mit Tom gewesen sein würde.«

Sie nimmt das Buch, legt es auf ihren Schoß und tippt mit den Fingern ein wenig darauf herum.

»Wie heißen Sie überhaupt?«, frage ich nach einer Weile.

»Gabriela.«

»Franz.«

Wir geben uns die Hände.

»Werden Sie jetzt bitte nicht zu freundlich, das würde mich enttäuschen.«

»Was lesen Sie da?«

»›Fackeln im Sturm‹. Es heißt, dass Liebe das beste Mittel gegen Depressionen ist.«

»Stimmt das?«

»Ja und nein.«

»Lieben Sie Ihren Mann noch?«

»Fanden Sie meine Geschichte traurig?«

»Ich fand sie beschissen.«

»Ich erzähle Ihnen etwas Beschissenes. Ich fühle keinen Verlust.«

»Wie meinen Sie das?«

»Ich nehme Medikamente dagegen. Sie sorgen dafür, dass die Ausschläge nach unten und nach oben aufhören. Nach unten, die Depression, nach oben, in meinem Fall, die Liebe. Was sagen alle nach einer erfolgreichen Therapie?«

»Dass es ihnen besser geht?«

»Ja, aber vor allem sagen sie, dass sie jetzt ausgeglichen sind. Ich bin es jetzt auch, aber ich weiß nicht, ob ich das sein möchte. Man nimmt ihnen die Spitzen, die Ausschläge, sie werden nivelliert, sie werden dumpfer. Sie sind freundlich, können arbeiten, niemand merkt, dass sie Medikamente nehmen, alles gut. Seit ein paar Monaten nehme ich sie, und wie Sie sehen, es funktioniert. Ich kann reflektiert mit einem Fremden über die Beziehung zu meinem Mann reden, habe die Tragödie meines Lebens verarbeitet, in drei Monaten. Der Mann, der mir alles bedeutete, hat mich verlassen, und alles, was ich empfinde, würde ich mit einer gewissen Unpässlichkeit beschreiben. Ich kann einfach nicht traurig sein, eine adäquate, adaptive Reaktion zeigen, wie mein Therapeut es nennt. Ich versuche es, aber es geht nicht. Das, Franz, ist eine beschissene Geschichte.«

Ich blicke auf ihren Nachttisch, neben der leeren Vase liegt eine kleine silberne Dose. Ich frage mich, ob sie da drinliegen. Die kleinen Stoßdämpfer, von denen Gabriela spricht. Die Pillen, die dafür sorgen, dass man nicht mehr durchs Leben stolpert, sondern wippt. Gabriela ist der erste Mensch, der mir sagt, dass ihm Stolpern lieber ist.

Die Zigaretten sind alle.

»Die Frage, ob es so besser ist, kann ich nicht beantworten. Was macht es für einen Unterschied, ob man wirklich glücklich ist oder sich nur so fühlt? Ich habe nicht den blassesten Schimmer. Und was nützt einem die Aussicht auf Liebe, wenn man sich in den schlimmen Momenten nur vorstellen kann, wie man sich das Leben am leichtesten nimmt.«

»Haben Sie schon mal an Selbstmord gedacht?«

»Das war meine Hauptbeschäftigung. Ich stellte mir vor, wie es wäre, zu sterben, wie alle um mich trauern, wie sie sich Vorwürfe machen, nichts wirkte beruhigender.«

»Was ist die beste Methode?«

Gabriela lacht.

»Sagen Sie einem Therapeuten, dass Sie einen Suizidgefährdeten das gefragt haben. Wenn er Berufsethos hat, erschießt er Sie, das ist die beste Methode. Ich persönlich würde aber Insulin nehmen. Man dämmert weg. Ist aber eine ideologische Frage, bisschen so wie die Partei, die man wählt. Manche denken so, die anderen so. Man sollte tolerant sein. Kai hat meiner Meinung nach die beste Einteilung vorgenommen. Dumm springt, klug spritzt.«

»Was machen Sie, wenn Sie hier rauskommen?«

»Zur Therapie gehen und lange darüber nachdenken, ob ich weiterhin Medikamente nehmen soll.«

»Was denken Sie?«

»Ich werde darüber nachdenken. Tom werde ich aber nicht anrufen, wenn Sie das meinen.«

»Kann ich verstehen.«

»Ich glaube nicht, dass Sie das verstehen, aber es ist nett, dass Sie das sagen.«

Gabriela greift in die Schublade des Nachttisches, sucht nach Zigaretten und findet keine.

»Ich glaube, dass ich jetzt mal langsam zurück sollte.«

»Vorher machen Sie die Fluter wieder an und erzählen mir, warum Ihre Bar diesen Namen trägt.«

»Das dauert zu lange.«

»Kommen Sie, die Kurzfassung, ich kann dieses ›Fackeln im Sturm‹ nicht mehr ertragen.«

»Darf ich Sie vorher noch etwas fragen? Kennen Sie eine Maria Hicks?«

»Nein, nie gehört.«

»Haben die meisten Patienten auf dieser Station die gleiche Krankheit wie Sie?«

»Viele, aber nicht alle. Ich bin nichts Besonderes, ein mittelschwerer Fall. Wenn Sie eine Weile hier sind, glauben Sie ohnehin, dass alle einen Knacks haben, die im Nachthemd und die im Kittel. Wir tauschen die Kleidung, und keiner würde es merken.«

»Das glaube ich.«

»Geschichte, Geschichte …«

Gabriela lächelt, und ich beginne, ihr zu erzählen, warum Rainer die Bar so genannt hat. Beim Erzählen fällt mir auf, dass mir Übung fehlt.

Wenig später ist Gabriela eingeschlafen. Ich lege das Buch auf den Nachttisch, ziehe ihr vorsichtig das Laken über die Schulter und gehe aus dem Zimmer.

Die Lampen bleiben an.

24

»Wie war's?«, fragt Kai.

Es ist kurz vor halb sechs. Die Schweißflecken unter seinen Achseln sind in der Nacht größer geworden. Sie arbeiten sich langsam aufeinander zu. Noch ein paar heiße Tage und es gibt eine Zusammenkunft, irgendwo in Höhe des Solarplexus.

David richtet sich auf. Er hat auf den Stühlen gelegen, die ich zusammengeschoben hatte, und geschlafen. Ich saß die letzten beiden Stunden auf dem Fenstersims, spürte, wie es draußen langsam wärmer wurde, und hätte gerne geraucht. Gabriela hatte meine letzte Zigarette genommen.

Vor ein paar Minuten war Kai auf seinem Motorrad die kleine Auffahrt zum Haus hochgefahren. Er schien die Maschine nicht zu fahren, sondern zu quälen. Kein Motorrad hatte so einen dicken Besitzer verdient.

In ein paar Minuten werden wahrscheinlich seine Kollegen zur Morgenschicht kommen und ihn das Gleiche fragen, was er uns gefragt hat. Wie es gewesen war.

Wahrscheinlich möchte er, dass wir bis dahin verschwunden sind.

Er stellt seinen Helm und den Rucksack, der auf seinem Rücken lächerlich klein aussieht, neben dem Computer ab und greift in die Schale mit den Keksen, die auf dem Schreibtisch steht. Er wühlt nach Schokolade.

»Ihr müsst hier weg«, sagt er.

»Die Akte«, sage ich.

»Ja, die Akte, die Akte …«

Er drückt auf den grünen Startknopf des Rechners, der daraufhin knarzende Geräusche macht.

»Vielleicht will Maria das gar nicht.«

David steht von seinem Stuhl auf, ich rutsche vom Sims herunter.

»Sie wird sich ja schon was dabei gedacht haben, meine ich, wenn sie euch nicht gesagt hat, wo sie ist. Wenn sie gewollt hätte, dass ihr wisst, wo sie ist, hätte sie euch das einfach sagen können, logisch, oder? Ich glaube, ihr solltet sie in Ruhe lassen.«

»Ich glaube, dass du uns die Akte geben solltest«, sage ich.

Kai dreht die Flasche Cola neben dem Rechner auf. Man sieht den Kehlkopf beim Trinken nicht.

»Das kann mich den Job kosten. Dass ist scheißillegal, eine Krankenakte weiterzugeben.«

David macht einen Schritt auf den Schreibtisch zu.

»So scheißillegal, wie sich nachts zu verpissen und zwei Fremden eine ganze psychiatrische Station zu überlassen? So scheißillegal oder weniger scheißillegal?«

Davids Stimme bebt, die Halsschlagader drückt sich durch die Haut. Bis vor kurzem hätte ich gesagt, dass der dicke Mann vor mir Angst haben sollte, mittlerweile bin ich mir nicht mehr so sicher. So sieht David Schwimmer aus, wenn er wütend ist.

»Entspann dich«, sagt Kai, scheint aber dennoch beeindruckt zu sein. Er kreist mit den Zeigefingern über der Tastatur, sie brauchen ewig, bis sie die Buchstaben gefunden haben.

»Hicks, ja?«

»Ja, Hicks, Maria Hicks«, sagt David.

Kai fährt langsam mit der Maus auf dem Tisch auf und ab. Er macht die Schreibtischschublade auf, holt einen Schreibblock heraus und beginnt, etwas zu notieren.

»Ich schreib euch das auf. Also Maria Hicks war hier. Sie hat eine Therapie begonnen, aber entgegen der Empfehlung ihres Arztes hat sie nach ein paar Sitzungen die Behandlung abgebrochen. Dann ist sie abgereist. Akte Ende.«

»Wann?«, fragte ich.

»Steht hier nicht.«

»Wo ist sie jetzt?«, fragt David.

»Steht hier nicht. Sie hatte aber angerufen und gebeten, dass man ihre Sachen an ihre neue Anschrift schicken soll.«

»An welche Adresse?«

»Irgendwo in Dänemark.«

»Dänemark?«

»Hörst du schlecht?«

Ich gehe um den Schreibtisch herum und schaue auf den Bildschirm.

»Patientin Maria Hicks erbittet die Zusendung ihrer Behandlungsdokumente sowie ihrer persönlichen Gegenstände an folgende Anschrift: Olaf Luther, Langgade 18, DK-4222 Gedsen, Danmark.«

Kai drückt eine Taste, und der Bildschirm verdunkelt sich.

»Hier ist die Anschrift, mehr kann ich nicht für euch tun.«

»Was hat Maria?«, frage ich.

»Das geht dich nichts an, ganz gleich, wer du bist. Jetzt weißt du ja, wo sie ist. Aber was wird sie wohl haben, wenn sie hier ist? Vermutlich keinen Ziegenpeter.«

David nimmt den Zettel, faltet ihn zusammen und geht aus dem Zimmer.

Kai blickt ihm hinterher und greift in die Keksschale. Er macht den Computer aus. Der Schweiß auf seiner Stirn glänzt wieder.

»Warst du schon mal in Dänemark?«, fragt er.

»Nein«, sage ich

»Dänemark ist scheiße.«

25

Über Dänemark hatte Maria nie gesprochen. Nicht ein einziges Mal. Nur über Australien.

Damals lagen wir nebeneinander auf der Schlafcouch in ihrer Wohnung. Ich war müde und schaute auf Marias schmalen, aufgeregten Mund.

»In Australien gibt es unglaublich viel Platz«, sagte sie.

»Davon habe ich gehört«, sagte ich.

»Ach ja? Aber nicht von mir.«

Sie erzählte, dass sie von der Ostküste in den Norden geflogen war, von Sydney nach Darwin. Mit dem Auto fuhr sie den Stuart Highway runter bis nach Alice Springs, zum Ayers Rock. Sie hatte im Pazifik gebadet und am Great Barrier Reef. Sie war durch die Blue Mountains gefahren und am Kings Canyon entlang. Sie sah die riesigen Road Trains im Rückspiegel heranrollen und dachte daran, dass sie einen von der Straße pusten können wie ein Insekt. Sie erzählte von Steaksandwiches mit fettigen, durchgeweichten Zwiebelringen, den Kingsize-Betten in den Motels, dem Kaffee, der immer salzig schmeckte, und im Auto hatte ein Extra-Kanister mit Benzin gelegen. Sie erzählte, wie der rote Sand der Wüste am Abend grau wurde und der Horizont silbrig, es gab so wenig Menschen, sagte sie, es war furchtbar ruhig, wie in einem riesigen, leeren Zimmer

Maria stand auf, stellte sich nackt vor das Bett und schaute mich belustigt an. »Ich weiß nicht, warum«, sagte sie, »aber die Truckerfahrer gingen wie Cowboys.« Sie krümmte ihre Beine, drückte das Kreuz durch und den Bauch heraus und lief auf der Außenkante der Füße wiegend vor dem Bett hin und her, und dann spuckte sie plötzlich auf den Boden, kräftig wie ein Truckerfahrer, aus dem Rachen heraus. Ich fand, wie sie so vor dem Bett hin und her ging, sah sie aus wie ein dünner Affe. Du liebst einen dünnen Affen, dachte ich, und spucken tut er auch.

Maria lachte und lief vor dem Bett auf und ab. Sie erzählte seltsam umständlich, manchmal verlor sie den Faden, wiederholte sich, brachte Orte und Tage durcheinander, oder ihr fiel ein Wort nicht mehr ein. Sie fummelte nervös an ihren Handgelenken herum. Irgendwann saß sie im Schneidersitz im Bett und starrte aus dem Fenster auf die Gleise, wo die Bahnen nicht mehr fuhren. Es war das einzige Mal, dass ich das Gefühl hatte, dass etwas mit ihr nicht stimmen könnte.

»Verstehe ich alles nicht. Was will sie in Dänemark?«

»Wo liegt Gedser überhaupt?«, frage ich.

»An der Ostsee. Auf der Insel Lolland. Hab vorhin in die Karte geguckt.«

»Lolland?«

»Tja.«

Franz zuckt mit den Schultern.

Die Kellnerin kommt, stellt müde einen Brotkorb hin und zwei braune Eier in weißen Keramikbechern. Wir sind die einzigen Gäste auf der kleinen Terrasse des Hotels »Rosengarten«, es ist halb acht und noch angenehm kühl. Ein paar Kekse aus Kais Keksschale waren das Einzige gewesen in den letzten vierundzwanzig Stunden, mein Magen war zugeschnürt, ich hatte den Hunger vergessen, aber jetzt ist er da, ein großes, knurrendes Loch.

»Ich war noch nie in Dänemark«, sagt Franz kauend.

»Na ja, warum auch«, sage ich.

»Viele fahren nach Dänemark.«

»Ja, aber warum?«

»Weiß nicht. Gute Luft, viel Land, Ruhe. Irgendwas muss ja dran sein.«

Mir fällt nicht viel ein zu Dänemark. Faxe, Tuborg, Carlsberg. Drei Biersorten. Gesalzene Butter und Tulip-Schinken. Jütland. Kopenhagen. Ferienhäuser. Wikinger. Elkjaer-Larsen, Laudrup, Schmeichel. Drei Fußballspieler. Die Schweden lieben Knäckebrot, die Norweger angeln, die Finnen trinken. Die Dänen sind Dänen. Zu Dänemark gibt es nicht mal ein Klischee. Dänemark ist wie Malta.

»Hast du irgendeine Idee zu Dänemark?«

»Ich war mal in Schweden«, sagt Franz.

Die Kellnerin lehnt gelangweilt an der Tür und schaut über den Marktplatz, wo Leute in der Sonne ein paar Buden aufbauen. Franz winkt nach einem neuen Brotkorb, die Kellnerin erwacht. Es wird wieder ein heißer Tag, so heiß wie jeder Tag im Juli bisher war. ›Der Jahrhundert-Juli geht weiter‹, hatte ich gestern gelesen. Es klang wie die Ankündigung für einen Film. Im Gericht werden sie nichts merken. Im Gericht ist es das ganze Jahr so kühl und schattig, als säßen wir dort alle in einer Kellerwohnung.

»Was will sie nur in Dänemark?«, sagt Franz.

»Dänemark passt nicht zu Maria«, sage ich.

»Glaubst du, ja? Glaubst du immer noch, du kennst sie so gut? Was passt denn zu ihr, deiner Ansicht nach?«

Er trinkt einen Schluck Kaffee, verzieht das Gesicht, schiebt ihn weg, zur Mitte des Tisches hin, die gleiche Geste wie damals in der Kantine. Seitdem hatten wir kaum miteinander gesprochen. Manchmal hätte ich das gern getan, weil es sonst niemanden gab, mit dem ich reden konnte. Es gab einiges, was ich nicht verstand, aber dann saßen wir im Auto, und ich hatte Angst, er könnte etwas über Maria erzählen, was ich nicht wissen wollte. Ich war nach Philadelphia und Großbrücken gefahren und wollte ihre Stimme hören. Etwas war abgeschnitten worden, ausgehöhlt, aber es gab noch immer eine David-Maria-Geschichte. Keine schlechte Geschichte. Die beste, die ich bisher erlebt hatte. Und ich wollte, dass sie weiterging. Franz hatte neben mir gesessen, er war also real, aber er passte nicht in meine Geschichte. Manche Dinge will man sich nicht versauen lassen, und wenn man jemanden liebt, hat man eine schreckliche Angst, dass plötzlich alles versaut werden könnte. Ich liebe dich schrecklich, kam mir manchmal in den Sinn, das hätte ich ihr gern gesagt. Es ist schrecklich, dich zu lieben, Maria. Es ist beschissen schön. Verstehst du das?

»Hat sie jemals von mir erzählt?«

Es ist eine blöde Frage, aber ich kann nicht anders.

»Nein, hat sie nicht«, sagt Franz. »Aber Maria hat überhaupt wenig erzählt, falls dir das was hilft. Sie war irgendwie sehr still.«

»Sie war alles, aber nicht still«, sage ich.

»Sie war der stillste und unaufdringlichste Mensch, den ich kannte. Weißt du, was ihre Lieblingsbeschäftigung war? Im Bett sitzen und Musik hören. Stundenlang.«

»Das habt ihr zusammen gemacht, ja? Im Bett sitzen und Musik hören.«

Ich höre mein eigenes Lachen, es klingt fremd und hässlich.

»Das haben wir gemacht. Unter anderem«, sagt Franz. »Was willst du hören? Dass sie nur von dir erzählt hat? Dass es mich gar nicht gab? Dass sie die ganze Zeit nur von David Schwimmer schwärmte, Referendar im Juristischen Vorbereitungsdienst, und als sie damit fertig war, seufzte sie vor Sehnsucht, ging schnell aus dem Haus auf die Straße, und ich winkte ihr hinterher?«

Genau das will ich hören.

»Sie war gern bei mir, kapier das endlich. Sie wollte zum Schluss bei mir einziehen, und ehrlich gesagt, fand ich das damals ein bisschen komisch, es ging mir alles zu schnell, ich kannte sie ja kaum, und ich habe noch nie mit einer Frau zusammengewohnt, und ich weiß auch nicht, ob ich das kann oder ob ich verrückt werde, wenn mir jemand so nah auf die Pelle rückt. Aber wenn sie mich jetzt fragen würde, dann würde ich sagen, ja bitte, Maria, ich fände es schön, wenn du zu mir ziehen würdest.«

Er sieht nervös aus. Schmale Lippen und Augen, ein zusammengekniffenes Gesicht. Ich kenne das Gefühl, dass man eine Geschichte hat, und der Einzige, der an sie glaubt, ist man selbst. Vielleicht hätte ich ihm das zu einem anderen Zeitpunkt auch gesagt. Aber jetzt nicht.

»Du redest die ganze Zeit von war und hatte. Als wäre Maria eine Tote.«

»Vielleicht ist sie das ja.«

»Erzähl keinen Scheiß.«

»Hast du mal daran gedacht, was passiert, wenn wir sie jetzt finden?«

Franz spricht leise.

»Sie ist krank. Psychisch krank.«

Wenn man psychisch sehr leise spricht, dann zischt es richtig, denke ich. Es zischt und klingt viel gefährlicher, als wenn man es laut spricht.

»Sie ist nicht mehr die Maria, die ich kannte oder die du kanntest. Vielleicht gab es diese Maria sowieso nie. Ich meine, Maria hat sich in eine Psychiatrie einweisen lassen. Sie wollte das sogar. Und wenn man erst mal so weit ist, dass man dorthin will, dass es einem als der einzige Ausweg erscheint, dann muss man einen solchen Schiss vor sich selbst oder vor dem Leben haben, dass wir uns das gar nicht vorstellen können.«

Schiss. Schiss zischt auch. Alles Zischworte, denke ich.

»Als vorhin in der Nacht das rote Licht anging, bin ich über den Flur in ein Zimmer gegangen, um zu sehen, was los ist. Eine Frau saß angezogen in ihrem Bett. Sie war geistig total klar, eine hübsche und kluge Frau.«

»Wie hieß sie?«, frage ich, als wäre das irgendwie wichtig.

»Gabriela.«

»Sie saß also auf dem Bett und erzählte mir von ihren Depressionen. Dass sie nicht wüsste, wann sie kommen und wann sie gehen. Aber sie hatte eine unheimliche Angst davor. Sie sagte, sie machten sie müde, starr, völlig bewegungslos, es gab kein Leben mehr, keinen Sinn, alles war verdunkelt. Und hinter dieser Dunkelheit kam einfach nichts mehr. Es gab eigentlich nur eine Sache, die sie damals als hoffnungsvoll oder beruhigend empfand.«

»Welche Sache?«

»Sich in den Kopf zu schießen. Eine Spritze zu setzen. Ein Strick. Oder Tabletten. Schluss und aus.«

Ich schließe die Augen, reibe sie, drücke mit dem Daumen auf die Lider, bis die Farben explodieren. Müde, denke ich. Er ist müde, ich bin müde. Man darf jetzt nicht die Nerven verlieren.

»Warum erzählst du mir das?«

»Weil ich versuche, dir klar zu machen, dass nichts sicher ist. Du sitzt hier und sagst, Dänemark passt nicht zu Maria. Aber die Wahrheit ist doch, dass wir beide gar keine Ahnung haben, was zu ihr passt oder wer sie ist.«

»Glaubst du das wirklich? Eine Frau erzählt dir eine Geschichte, und plötzlich stellst du alles in Frage? Was hat ihre Geschichte mit Maria zu tun?«

»Vielleicht nichts.«

»Genau. Nichts. Ansonsten könntest du jetzt in dein braunes Auto steigen und nach Hause fahren, weil Maria eine unheilbare Verrückte ist und sowieso bald in irgendeinem Zimmer von der Decke hängt.«

»Aber dir muss doch klar sein, dass das zumindest möglich ist. Wir kommen gerade aus der Psychiatrie. Ich verstehe nicht, wie einem das keine Angst machen soll.«

»Natürlich habe ich Angst. Meine Hosen sind randvoll, wenn du es genau wissen willst. Aber ich habe keine Lust mehr, mir die ganze Zeit den Kopf zu zerbrechen. Ich bin müde davon. Ich hatte Angst, seit ich in dieser Nacht in ihrer Wohnung saß und wartete. Maria kam nicht. Sie kam auch die nächsten Tage nicht, die nächsten Wochen, sie war einfach verschwunden, ohne ein Wort, ohne die kleinste Nachricht. Am Anfang hatte ich Angst um sie, aber wenn ich ehrlich bin, hatte ich mit der Zeit auch Angst um mich. Maria war richtig, verstehst du? Zum ersten Mal hatte ich das Gefühl, dass etwas wirklich richtig war. Vorher gab es nur Fragen. Liebe ich richtig, oder bilde ich mir das nur ein, weil ich so gerne richtig lieben würde? Ist es richtig, dass ich in Berlin bin? Oder wäre es richtig, in New York zu sein? Sind Kompromisse richtig? Ist es richtig, weiterzumachen, durchzuhalten? Durchhalten wird doch belohnt, oder? Ist es richtig, dass ich im Gericht sitze? Ist es richtig, dass ich hinter einem Staatsanwaltstisch stehe und den Leuten erkläre, dass sie Scheiße gebaut haben, dass ihr ganzes Leben scheiße läuft, und dann klage ich sie an, weil sie Kaffee klauen oder ohne Führerschein fahren oder keinen Unterhalt zahlen? Ist es richtig, wie ich lebe? Oder bin ich auf der ganz falschen Spur, und die Zeit rennt mir langsam weg, ohne dass ich es merke? Soll ich Vegetarier werden? Vielleicht ist Blattspinat richtig? Was denkst du über Blattspinat?«

»Ich esse keinen Spinat.«

»Ach, leck mich. Es ist mir egal, ob du mich für ein Arschloch hältst, aber Maria gab mir zum ersten Mal das Gefühl, irgendwo zu sein, wo ich nicht mehr wegwollte.«

»Das ist lustig«, sagt er.

»Leck mich.«

»Es ist lustig, bei einer Verrückten anzukommen und nicht mehr wegzuwollen.«

»Ja«, sage ich, »lustig ist das.«

Laufen wäre jetzt richtig. Einatmen, ausatmen. Kein Kopf, nur Beine.

»Wenn sie verrückt wäre, hätte man es bemerkt.«

»Ich weiß nicht. Vielleicht bemerkt man es nur sofort oder nie«, sagt er.

Ich denke an den Abend auf dem Balkon. Marias Oberkörper, der über der Brüstung hing, in die Tiefe geneigt, wie der Kopf eines Raben. Es hatte nichts zu bedeuten. Sie hatte getrunken. Es war ein Spiel. Sie wollte mich provozieren. Mich und meine alberne Höhenangst.

»Was würdest du ihr sagen, wenn du sie siehst?«, fragt er.

»Ist das wichtig?«

»Interessiert mich einfach, was du sagen würdest.«

»Hallo.«

»Und dann?«

»Wie geht's?«

»Und dann?«

»Lass uns nach Hause fahren.«

Er nickt und schaut nicht auf, schaut in meine leere Tasse, die er auf der Kante balanciert.

Wir fahren raus aus Großbrücken, über das Kopfsteinpflaster auf die Landstraße. Nach Rostock ist es nicht weit. In Warnemünde legen die Fähren ab, über die Ostsee nach Dänemark. Soweit ich mich erinnern kann, bin ich ein einziges Mal mit einer Fähre gefahren. Von Wales nach Irland über die Irische See. Ich stand auf dem schwankenden Deck, suchte den Horizont, und in meinem Mund sammelte sich Säure. Wenn man sich auf den Horizont konzentriert, auf eine Orientierungslinie, dann muss man nicht kotzen, sagte Judith. Sie kotzte auch nicht.

An der Landstraße steht ein schmales Holzschild. Luckow-See. Wir fahren daran vorbei.

»Baden?«, frage ich. »Nur kurz rein, raus und weiter?«

Er zuckt mit den Schultern und wendet den braunen Opel. Das Holzschild zeigt in ein Waldstück, wir fahren einen schwarzen Weg entlang, manchmal ratschen Zweige an den

Scheiben, eine Badestelle gibt es nicht. Wir halten am Ende des Weges, vor uns der See, umrandet von dichtem Schilf und Bäumen. An einer Stelle ist das Schilf flüchtig beseitigt worden, eine kleine Schneise, die ins Wasser führt. Auf dem Wasser tanzen die Mücken.

Ich ziehe meinen Anzug aus, das weiße Hemd, die schwarzen, harten Schuhe, den Rest, lege alles ins schattige, feuchte Gras und schwimme hinaus, auf dem Rücken, nur meine Beine bewegen sich. Es ist gut, das Wasser zu fühlen. Ich kann die Nacht wegspülen, runter von der Haut, die Müdigkeit, ich will nach See riechen, meinetwegen, aber nicht nach Klinik.

Franz steht nackt am Ufer, schaut ins flache Wasser. Dann geht er vorsichtig hinein. Er schwimmt ein paar Züge, bricht ab, geht weiter in den See hinein, bis nur noch sein Kopf herausschaut. Dort bleibt er stehen. Ich schwimme zurück, zwei Meter vor ihm setze ich die Füße in den morastigen Seeboden. Vom Ufer aus ist nicht viel zu sehen. Nur unsere Köpfe gucken aus dem Wasser, als wären wir zwei Haubentaucher.

»Der See stinkt«, sagt Franz. »Merkst du das nicht? Dieses muffige, faulige. Der ganze See ist faulig.«

»Das ist normal. Der See blüht.«

Franz schöpft mit der Hand durch das Wasser und schaut auf seine zu einer Mulde geformte Hand.

»Tiere«, sagt er. »Millionen Tiere.«

»Wenigstens ist es nicht kalt. Die Ostsee ist immer kalt.«

An der Ostsee gehen die Leute am Strand spazieren, denke ich. Selbst im Sommer. Es gibt Meere zum Baden. Und Meere zum Herumlaufen. Die Ostsee ist ein Lauf-Meer.

»Aber die Ostsee stinkt nicht.«

»Meinetwegen.«

»Isst du Karpfen?«, fragt Franz.

»Zu Silvester. Wieso?«

»Nur so.«

Karpfen mit zerlassener Butter, Petersilienkartoffeln und Meerrettich. Es ist jedes Jahr das Gleiche. Ein einziges Mal hatte ich meinem Vater vorgeschlagen, etwas anderes zu essen. Keinen Karpfen.

»Aber wir essen immer Karpfen«, sagte mein Vater. »Eben«, sagte ich. »Ja, eben«, sagte mein Vater, und ich verstand, dass man ein und dasselbe Argument durchaus für zwei völlig entgegengesetzte Positionen einsetzen konnte. Mein Vater isst immer das Kopfstück. Es schmeckt intensiver, sagt er. Dabei guckt es nur intensiver.

»Karpfen ist Geschmackssache. Muss man kennen, ist ein bisschen speziell.«

»Es gibt Karpfen-Esser und Karpfen-Hasser. Die meisten Leute kann man in diese Lager aufteilen«, sagt Franz.

»Und du bist ein Hasser?«

»Natürlich. Karpfen kommen aus Seen wie diesem hier.«

Er schaut auf das Wasser, durch das Wasser durch, soweit das möglich ist.

»Kennst du einen Orange Flip? Das ist das Gleiche wie mit den Karpfen. Er steht auf jeder ordentlichen Cocktail-Karte. Aber wer kein Idiot ist, trinkt ihn nicht. Es ist furchtbares Zeugs. Trotzdem kommen immer wieder Leute und bestellen einen Orange Flip.«

»Was ist da drin?«

»Orangensaft, Ei, Zucker, Weinbrand und Weißwein. Du musst den Leuten sagen, dass sie ihn schnell trinken, weil der Scheiß sonst ausflockt.«

Für einen Barkeeper ist es einfach, denke ich. Man hat ein paar Wahrheiten, an die man sich hält. Orange Flip ist der Karpfen unter den Cocktails. Trinken nur Idioten. Vermutlich stimmt es sogar. Am Gericht gibt es keine Idioten, zumindest nicht offiziell, nur Pro und Contra, Belastendes und Entlastendes, und am Ende führt man selbst ein Pro-und-Contra-Leben. Ich kenne das Unbehagen, wenn Leute mit einem einfachen Streitfall kommen und man die Lage klären soll. Ist es so?, fragen sie. Habe ich Recht? Und dann antworte ich mit dem ehrlichsten und zugleich unerträglichsten Satz aller Juristen: Es kommt darauf an. Aber worauf eigentlich? Versuchen Sie ruhig, keine Opportunisten zu werden, sagte ein alter Professor in der ersten juristischen Vorlesung, die ich je hörte. Wahrscheinlich werden Sie es nicht schaffen.

»Bist du eigentlich zufrieden?«

»Womit zufrieden?«

»Mit dem, was du tust.«

Franz schaut auf, wendet sein Blick vom Wasser ab, mit der Hand klatscht er auf eine Mücke an seinem Ohr.

»Ich bin Barkeeper«, sagt er.

»Und was heißt das?«

Er guckt sich die tote Mücke an, den kleinen, schwarzen, schmierigen Fleck auf seinem Finger, und schnipst ihn weg.

»Dass ich Cocktails mixe.«

»Ach.«

»Na ja, das ist alles. Cocktails mixen ist nicht schlecht. Es gibt schlechtere Dinge, die man tun kann.«

»Gibt es auch bessere?«

»Wahrscheinlich, klar. Es gibt ja alles Mögliche.«

Er hat nie darüber nachgedacht, denke ich. Es ist auch eine blöde Frage. Wir stehen bis zum Kopf nackt in einem See. Ich kenne ihn nicht, er kennt mich nicht. Es ist absurd. Die Mücken stechen.

»Ich glaube, ich bin zufrieden«, sagt er, »ja, doch, bin ich.«

»Das ist gut. Hätte ich nicht gedacht.«

»Wieso?«

»Ich weiß nicht. Ich kenne keinen Barkeeper, der zufrieden ist. Für die meisten ist es ein Job. Eine Zwischenlösung.«

Es ist das, was sie immer sagen. Alle Barkeeper und Kellner dieser Welt. Sie sind länger dabei, als sie eigentlich vorhatten, dabei zu sein. Fragt man sie, wie es so läuft, gucken sie verärgert und sagen: Glaubst du, das ist mein Leben? Es ist nur ein Job. Vorübergehend. Sie erzählen dir von dem, was sie wirklich tun wollen, aber sie fangen nie damit an. Irgendwann sind sie alt.

»Zwischenlösung?«, sagt Franz. »Hört sich an wie Dinge, die man auf dem Dachboden lagert. Zwischenlösung wofür? Für das ganz große Ding? Was kommt denn?«

»Keine Ahnung. Was kommt bei dir?«

»Nichts. Es geht einfach immer so weiter.«

»Das ist alles?«

»Denke schon. Sich einzureden, dass noch mehr kommt, macht nur unzufrieden. Lohnt sich nicht.«

»Hast du mal was anderes gemacht?«, frage ich.

»Studiert. Aber nicht lange.«

»Und die Bar war besser?«

»Weißt du, was das Beste an einer Bar ist? Man kann jederzeit aufhören und abhauen. Man verliert nicht viel. Man muss keine Karriere aufgeben, man vergibt keine große Chance, weil es die sowieso nie gab. Man verrät kein Leben oder irgendeinen Traum. Man haut einfach ab und fängt woanders an. Ich komme morgens im Sommer aus der Bar, es ist hell, einige Leute hetzen an mir vorbei, mit ihren Beuteln, ihren Aktentaschen und Rücksäcken. Sie steigen in eine Bahn, einen Bus, wo alle schlechte Laune haben, nach Deospray, Zahnpasta, dem letzten Abendessen oder noch schlimmeren Dingen riechen, und sie hassen die anderen, die einen Sitzplatz haben. Ich gehe ins Bett. Mir geht keiner auf die Nerven.«

»Hört sich traurig an.«

»Wieso traurig?«

»Wenn das Beste an dem Job die Tatsache ist, dass man jederzeit abhauen kann, dann ist das traurig.«

»Wenn du meinst.«

»Was ist später?«

»Später, wer weiß? Wann ist später?«

Später ist dauernd, denke ich. Später geht wahnsinnig schnell. Das ist das Problem an später. Später ist ein großer Beschiss. In ein paar Monaten bekomme ich eine Examensurkunde und einen Blumenstrauß. Ich hatte immer gehofft, ich hätte noch Zeit. Später ist ein schönes, beruhigendes Gefühl, wenn man nicht weiß, was man sein und tun will.

»Alle reden von später«, sagt Franz. »Sparen, Pläne, Träume, immer für später. Niemand fragt: Was hast du für Gegenwartspläne? Wie geht es dir jetzt? Ist alles in Ordnung mit deiner Gegenwart? Kommst du klar? Ist sie gut, die Gegenwart, oder macht sie mal wieder Ärger?«

»Du bist also der große Gegenwartsmensch? Jemand, der im Augenblick lebt und alles genießt. Ist das so?«

»Wie gesagt, ich bin Barkeeper.«

»Und völlig frei, ich weiß.«

»Ja, im Gegensatz zu dir.«

»Es ist mir nicht so wichtig.«

»Und was ist wichtig? Kohle? Ich war am Gericht, und so überbezahlt sah das da alles nicht aus. Es war erträglich, würde ich sagen. Erträglich langweilig.«

»Das ist es auch. Aber es ist vielleicht nicht das Ende.«

»Große Erwartungen?«

»Hoffnungen, was auch immer. Jederzeit gehen zu können, ist nicht schlecht, aber ich würde auch gerne mal bleiben. So was wie einen Platz finden. Ich bin fast 30. Rein statistisch gesehen und wenn nichts dazwischen kommt, bleiben mir also noch mal so viele Jahre, ein bisschen mehr. Vielleicht vierzig. Das ist nichts. Ein Klacks. Vierzig Jahre sind vierzigmal Karpfen essen.«

»Also soll es jetzt losgehen.«

»Warum nicht?«

»Tja, warum nicht. Aber das geht einfach so? Man sagt, es geht los, drückt ein Knöpfchen, zieht an einem Hebel, und die Welt beginnt sich zu drehen?«

»Eine Kanzlei hat mir ein Angebot gemacht.«

»Und?«

»Es ist anders als am Gericht.«

»Muss ja nicht schlecht sein.«

»Nein, muss es nicht.«

Der Anruf kam überraschend. Die Kanzlei hat Büros in Frankfurt, München, London, Warschau, New York und noch ein paar mehr. Der Hauptsitz ist am Potsdamer Platz 1. Vor ein paar Wochen schaute ich an dem rot geklinkerten Haus hoch, zählte die Stockwerke, dann ging ich durch die Drehtür zum Fahrstuhl. Ich fuhr in den 22. Stock, ging durch eine gläserne Tür und stand vor einem Tresen. Es roch nach Kaffee und neuer Auslegeware. Die Frau hinter dem Tresen telefonierte, ich wartete. Schließlich führte sie mich in ein Büro. Einen Augenblick, sagte sie. Durch das Bürofenster sah ich einige Häuserspitzen, ein Flugzeug stieg in den Himmel, darunter lag Berlin. Es war ein Büro mit Aussicht. Es war klein, flach und sauber. Mein Herz klopfte.

Frau von Berg war einer der Teilhaber der Anwaltssozietät. Sie stellte sich neben mich an ein Fenster und schaute hinaus. Sie trug ein dunkelblaues, enges Kostüm. Frau von Berg war vielleicht Anfang vierzig.

»Gefällt Ihnen der Ausblick, Herr Schwimmer? Alle unsere Büros haben hier diesen Ausblick. Wenn er Ihnen also nicht gefällt, dann wird es schwierig.«

Sie lachte leise.

»Sehr«, sagte ich, »man sieht die ganze Stadt.«

»Es ist gut, den Überblick zu haben und ein bisschen Abstand. Wenn man von oben guckt, wird einem vieles klarer, logischer.«

»Ja, das kann ich mir vorstellen«, sagte ich und wusste nicht, was sie meinte.

Sie trank von ihrem Wasser. Das Glas war beschlagen.

»Gefällt es Ihnen bei der Staatsanwaltschaft?«, fragte Frau von Berg.

»Es ist eine gute Station für einen Referendar.«

»Es ist ermüdend, habe ich Recht?«

Sie klang, als würde sie lächeln, aber sie lächelte nicht. Sie schaute aus dem Fenster.

»Ja, das ist es«, sagte ich.

»Ich war Strafrichterin am Amtsgericht, gleich nach dem 2. Examen. Drei Jahre lang. Aber ich habe mich dort nie richtig wohl gefühlt. Es waren immer die gleichen Fälle. Kleine, unbedeutende Sachen, von kleinen, unbedeutenden Menschen. Es gab Mittagspausen, Gerichtsferien, ich konnte die Akten mit nach Hause nehmen und dort arbeiten. Ich war so gut wie unkündbar, und alle rieten mir, dort zu bleiben. Langsam Karriere zu machen. Landgericht, eine eigene Kammer, vielleicht zum OLG. Ich war ungefähr so alt, wie Sie jetzt sind. Ich habe dann für mich entschieden, dass ich mehr will. Nun sitze ich hier in diesem Büro und will immer noch mehr. Mir gefällt dieses Gefühl. Es ist befriedigend, auf lange Sicht gesehen. Man schläft nicht ein. Kennen Sie dieses Gefühl, Herr Schwimmer?«

Ich kenne nur das Einschlafen, dachte ich. Davon, wie man nicht einschläft, habe ich keine Ahnung.

»Sie haben Talent. Sie sind ein überdurchschnittlich begabter Jurist, und ich hoffe, Sie wollen das nutzen.«

Ich versuchte, mir Frau von Berg vorzustellen, als sie so alt war wie ich. Es gelang mir nicht. Manche Menschen eignen sich nicht dafür. Sie lassen sich nicht zurückverfolgen. Man hat das Gefühl, sie wären schon immer erwachsen gewesen. Ohne Zweifel und fest im Glauben an sich selbst. Sie führen ein durchdachtes Leben. Sie sagen, sie fordern sich jeden

Tag neu heraus. Sie nutzen Chancen. Sie benutzen gern das Wort »aktiv«. Vielleicht ist es ja Entwicklung. Eine gute Sache. Hier oben bekam man das Gefühl, als ließe sich die Welt erobern.

»Machen Sie ein gutes Examen, eines mit Prädikat, und dann kommen Sie zu uns. Im ersten Jahr sind drei Monate als Volunteer in London oder New York obligatorisch. Aber mehr will ich erst mal gar nicht sagen. Das hat alles noch ein bisschen Zeit.«

New York, dachte ich. New York war nicht Lichtenberg.

»Wann sind Sie fertig?«

»Im Winter.«

»Genießen Sie das ruhig noch. Sie werden bei uns nicht viel Zeit haben für andere Dinge. Aber es geht natürlich nur so. Alles oder nichts.«

Sie schaute mich an, als erwarte sie eine Bestätigung. Womöglich hat das Leben an sich gar keinen besonderen Wert. Es zählt nur, was man daraus macht. Ich dachte an Judiths Vater, seine verrumpelte Kanzlei, in der er auf Strümpfen umherlief, die Fußbank unter dem Tisch. Er wirkte albern von hier oben, wie ein gemütlicher Narr, aber ich vermisste ihn fast. Der Ausblick machte alles kleiner. Womöglich saßen sie deshalb hier.

Die Frau vom Tresen kam herein, mit einem winzigen Kind auf dem Arm. Frau von Berg nahm es ihr ab. Das Kind trug einen weißen Strampler und eine weiße, weiche Mütze. »Er ist acht Wochen alt«, sagte sie.

»Er muss gestillt werden, alle paar Stunden. Das ist leider das Problem an einem Kind.«

Sie lachte wieder ihr leises Lachen.

Das Kind begann zu schreien. Es saß auf dem dunklen, engen Kostüm von Frau von Berg wie auf einem Panzer.

»Also, wir rufen Sie an.«

Die Frau vom Tresen führte mich aus dem Zimmer zum

Fahrstuhl. Er fuhr leise hinunter wie durch ein Raumschiff. Ich ging über die Straße in eine Weinhandlung und kaufte eine Flasche Champagner, den ersten Champagner meines Lebens. Ich fand, dass es passte. Zu diesem Tag, zu mir und Maria und dem, was kommen würde.

26

Es gibt zu viele Mücken, es riecht nach Kartoffelkeller, und mir wird langsam kalt. David taucht ab, langsam runter, langsam wieder hoch. Ihm scheint es hier zu gefallen. Das Seewasser läuft ihm ins Gesicht, bildet kleine Rinnsale auf seiner Stirn, wenn zwei Rinnsale zusammentreffen, beschleunigen sie, bilden einen größeren Tropfen, der die Brauen entlangfährt und die Nase heruntergleitet. Er hat die Augen geschlossen.

Lass uns nach Hause fahren, wird er ihr als Erstes sagen.

Er denkt nicht daran, sie aufzugeben. Er möchte sie mitnehmen, in seine Wohnung, in seine Jurawelt, in sein Anwaltsleben, von dem er nicht weiß, ob er sich darin wohl fühlt. Das ist sein Plan. Meiner ist so ähnlich: Schnapp dir deinen Hut, die lächerlichen Schuhe, die neue Reisetasche und lass uns gehen, runter von Lolland, weg aus Dänemark, in meine Wohnung, in meine Cocktail-Welt, in mein Barleben, von dem ich mich schon lange nicht mehr frage, ob ich mich darin wohl fühle. Das wäre mein erster Satz.

David öffnet die Augen, dreht ein wenig seine Schultern und wird sofort von der Sonne geblendet, die seit Tagen so kräftig scheint, als wolle sie sich für den Winter entschuldigen.

»Was würdest du ihr als Erstes sagen?«, fragt er.

»Habe ich mir noch nicht überlegt.«

»Mach es jetzt, was würdest du ihr sagen, wenn du sie siehst?«

»Schick ihn zum Teufel, würde ich sagen.«

Er lächelt.

»Und was dann, was ist, wenn du sie tatsächlich bekommst?«

Es klingt, als habe er sich die Frage lange überlegt.

»Wie meinst du das?«

»Wenn sie sich für dich entscheidet, wenn sie sagt, dass sie mich nie wieder sehen will, und bei dir bleibt?«

»Dann freue ich mich.«

»Und dann?«

»Was meinst du mit dann?«

»Was kommt dann?«

»Was soll sein, wir fahren nach Hause.«

»Und dann?«

»Du nervst mit deinem ewigen dann. Ich werde sie nicht sofort zur Rede stellen, wenn du das meinst. Ich werde verständnisvoll zuhören, wenn sie mir erklärt, warum sie das alles getan hat, warum sie nichts gesagt hat, wie schwer ihr die Entscheidung gefallen ist. Ich werde mir sogar anhören, wie Leid es ihr tut, dich alleine zurückgelassen zu haben, und wie Leid du ihr auch sonst tust, als Mensch und überhaupt, meinetwegen auch, was für ein toller Kerl du eigentlich bist. Dann werde ich versuchen, ihr zu helfen, so gut oder schlecht, wie ich es kann.«

Ich mache eine Pause, tauche ab und gleich wieder auf.

»Und weißt du, was ich DANN mache?«

David hält sich die Hand vor die Augen, weil ihn die Sonne blendet.

»Dann werde ich nie wieder auch nur eine Sekunde an dich denken.«

»Arschloch.«

Es klingt nicht wie eine Beleidigung, eher wie eine Feststellung. Jetzt taucht er. Langsam runter und wieder auf. Ich schaue ihm zu.

»Warum willst du das wissen?«, frage ich.

»Ich dachte, du wüsstest vielleicht, was du vorhast, wie du dir dein Leben mit ihr so vorstellst.«

»Ich stelle mir gar nichts vor.«

»Glaube ich dir nicht.«

»Solltest du aber.«

»Ich glaube dir nicht, dass du dir keine Gedanken gemacht hast.«

Ich tauche ab und überlege mir eine Antwort.

»Das kannst du nicht verstehen, was? Typen wie du kapieren das nicht.«

»Was meinst du mit Typen wie ich?«

»Schisser.«

»Du hältst mich für einen Schisser?«

»Einigen wir uns auf Zweifler, du bist der große Zweifler, der Zweifel-Experte, der sich immerzu Dinge fragt, weil für ihn nichts sicher ist.«

»Und du, was bist du, der Lebens-Experte? Der alle Antworten an der Bar frei Haus geliefert bekommt und darum schon alles kennt? Ich bin ein Schisser, aber ich versteck mich nicht hinter einem Tresen und sage, dass ich mich verpissen kann, wenn's eng wird. Vielleicht bist du der viel größere Schisser, ein Schiss-Experte.«

Er taucht ab.

Wir spielen Schiffe versenken, denke ich.

Er taucht wieder vor mir auf.

»Warum muss immer was kommen? Es geht dir nicht in den Kopf, dass jemand keinen Schimmer hat, was in drei Wochen, drei Monaten oder drei Jahren ist. Aber es interessiert mich einen Scheiß, was in drei Jahren ist. In drei Jahren habe ich vielleicht eine eigene Bar, vielleicht heißt sie ›Dixy‹, ›Roxy‹ oder ›Sauf dich blöde‹, keine Ahnung, vielleicht. Vielleicht habe ich aber auch eine eigene Bar gegen die Wand gesetzt und einen Sack voll Schulden und muss mir von einem Staatsanwalt wie dir erklären lassen, dass das Leben eine ernste Sache ist, schwerer, als Cocktails zu mixen …«

Er taucht ab, der Arsch taucht einfach ab. Ich war noch gar nicht fertig.

»Das Wahrscheinlichste ist, dass ich noch immer Barmann bin und noch immer damit klarkomme. Es gefällt mir, nicht mehr von den Leuten zu wissen, als dass sie ihre White Lady ohne Eiweiß trinken und ihren Martini mit Zitrone. Mir reicht das als Perspektive, und jetzt erzähl ich dir noch was. Ich habe einige Zeit gebraucht, um das zu merken, aber diese Verrückte, der wir beide hier nachjagen, ist die einzige Perspektive, die ich brauche: Sie ist das einzige Später, das ich jetzt gebrauchen kann. Das einzige, kapiert? Und was dann sein wird, sehen wir.«

Er hat wieder dieses Gesicht, aus dem sich nichts erkennen lässt.

»Und du glaubst, das reicht ihr?«

»Was weiß ich denn? Sie hat mir mal gesagt, dass sie genau das an mir mag. Dass ich nicht nachdenke, mich nicht ständig frage, aber das war zu einer Zeit, in der ich dachte, dass sie eine nette Krankenschwester ist, mit der man wunderbar die Zeit totschlagen konnte, nicht mehr. Kannst du mir sagen, warum du wissen musst, was kommt?«

»Was ist schlecht daran?«

Ich schüttle den Kopf. Was soll ich ihm darauf antworten? Nichts, darauf gibt es nichts zu antworten.

»Was ist, wenn nicht ich, sondern du sie bekommst? Was ist dann?«

»Ich glaube, einiges in meinem Leben würde sich verändern.«

»Und das willst du?«

»Ich weiß es nicht.«

»Warum möchten die Leute ständig ihr Leben ändern? Ich habe jeden Monat mindestens drei Typen an der Bar, die mir erzählen, dass sie alles hinwerfen wollen. Sie schauen mich an, sagen, dass sie mich beneiden, weil ich keinen Immobilienfonds, keine Personalabteilung, kein Möbellager verantworte und es deshalb gut habe. Meistens kommt dann noch irgendwann die Frage, ob ich nicht glücklich bin, nein, wie hast du gesagt? Zufrieden, ob ich zufrieden bin.«

»Bist du doch angeblich auch, oder? Das ist es doch, was du ihnen sagst?«

»Genau, ich sage ihnen, dass ich es gar nicht fassen kann, so glücklich und erfüllt bin ich.«

Ich kann sein Gesicht nicht genau erkennen, weil jetzt auch mich die Sonne blendet.

»Drei im Monat, sagst du?«

»Mindestens drei. Mal angenommen, es gibt tausend Kneipen in Berlin und vielleicht hunderttausend im ganzen Land, dann wollen jeden Monat über 300 000 Leute ihr Leben ändern, und das sind nur diejenigen, die es besoffen dem Barmann erzählen.«

»Eine Menge. In einem Jahr 3,6 Millionen.«

»Früher oder später bin ich wahrscheinlich der Einzige, der nicht alles ändern wird, der nicht sagt, so kann es nicht weitergehen. Weißt du, was mich nervt? Sie tun es ja doch nicht, sie jammern, flennen und saufen die Bar leer. Am nächsten Morgen gehen sie zu ihrem Chef, dem sie am Abend noch die Meinung sagen wollten, und fragen, ob er abgenommen habe. Die Schnauze halten, das wäre mal ein Vorsatz.«

»Du hast auf alles eine Antwort, oder?«

»Man braucht nicht so viele Antworten, wenn man sich nicht so viel fragt.«

David taucht wieder ab, taucht wieder auf.

»Mir ist kalt«, sagt er.

Er dreht sich Richtung Ufer und rudert etwas mit den Armen, um besser im Wasser laufen zu können. Auf dem Wasser treiben Blumenpollen, eine Libelle fliegt eine Handbreit über der Oberfläche und dreht ein paar Runden über meinem Kopf. Ihr Körper glänzt in allen Farben, wie ein Ölfilm, der sich mit Wasser vermischt. Libellen machen mich nervös.

Beim Rausgehen fällt mir ein, dass wir kein Handtuch dabeihaben.

»Wir haben kein Handtuch«, sagt David.

Er setzt sich ins Gras und dreht sich zur Sonne. Ich hocke mich daneben und behalte die Libelle im Auge. Er wedelt mit der Hand um seinen Kopf, den Mücken und Stechfliegen umschwirren.

»Stechfliegen stechen gar nicht. Sie beißen. Wie Hummeln«, sagt er.

»Mir ist egal, ob sie beißen, stechen, schießen oder sonst was. Sie nerven.«

»Eigentlich heißen sie Bremsen.«

»Bremsen?«

»Sagt man so. Bremsen. Wie die Dinger am Auto.«

»Wer ist eigentlich dieser Olaf Luther?«

»Ein Arzt vielleicht. Was soll er sonst sein?«

»Keine Ahnung. Ein dänischer Arzt, meinst du?«

»Ein dänischer Arzt.«

David kramt in seinen Sachen und nimmt seine Unterhose in die Hand.

»Ich frage mich, wie eine Frau sich in uns beide verlieben konnte«, sagt er.

Ich versuche, meine nächste Frage so beiläufig wie möglich zu stellen, aber manchmal geht das nicht.

»Hat sie es dir gesagt?«

David schaut mich an, seine Unterhose ist auf Höhe der Kniekehle. Er unterbricht die Bewegung.

»Was?«

»Dass sie dich liebt?«

»Ja.«

»Und du ihr?«

»Nein, habe ich nicht.«

»Gut.«

»Was soll daran gut sein?«

»Ich hab's auch nicht getan.«

An seinem Rücken kleben Grashalme.

»Gut«, sagt er und fegt ein paar Halme mit der Hand weg. »Wahrscheinlich denkt jeder, dass der Mensch, der sich in einen verliebt, auf der Suche nach jemandem war, der genauso ist wie man selbst. Dabei war man einfach nur in der Nähe, Zufall, so wie man den Bus gerade noch erwischt oder bei der Tombola gewinnt, alles Zufall.«

»Ja, vermutlich.« Ich stehe auf und gehe zu meinen Sachen. David zieht sich seine Hose und sein Hemd an und trocknet sich mit seinem Unterhemd die Haare.

»Und jetzt?«, frage ich.

»Jetzt fährst du uns nach Dänemark.«

Ich starte den Opel, der nicht genug Zeit hatte, um sich abzukühlen, und biege auf die schattige Landstraße. Anderthalb Stunden, länger werden wir nicht brauchen bis nach Rostock, dann auf die Fähre, noch mal zwei Stunden bis nach Gedser. Was dann sein wird, weiß ich nicht, aber ich wüsste es gern. Sehr gern sogar.

27

Am Eingang zur Fähre steht ein Einweiser und ruft mir irgendwas auf Dänisch zu. Er trägt eine blaue Uniform, darüber eine Weste in Signalfarben. In der linken Hand hält er ein Megaphon, in das er hineinschreit. Sein rechter Arm ist eingegipst. Ein Parkplatzeinweiser in einer Fähre, der seinen Arm nicht bewegen kann.

Tja, die Dänen, sagt David.

Mein Opel scheint der einzige Pkw in dem Schiff zu sein, der Rest sind Lastwagen oder Reisemobile mit Fahrradaufbauten. Die Fähre hat einen Laderaum von der Größe einer Turnhalle, trotzdem ist sie die kleinste im ganzen Hafen. Ich stelle mich hinter einen großen Umzugslaster, lege den Gang ein und ziehe die Handbremse an. Der Opel klingt dankbar, als ich ihn ausmache. Beim Aussteigen frage ich mich, ob die Verschrottung eines Autos in Dänemark billiger ist als in Deutschland.

Auf dem Aussichtsdeck sind wir fast allein. Es ist später Nachmittag, die Sonne hat an Kraft verloren, aber es ist nicht kalt, nur etwas windig. Ich setze mich auf die im Boden verschraubte Bank und schaue auf die beiden Schlote in der Mitte des Schiffes. Der Rauch verweht sofort. Die Fähre hat noch nicht abgelegt, sie brummt nur, aber das reicht, um alles zum Vibrieren zu bringen. David schaut auf die blauen Hafenkräne, die Werfthallen, die alle zu groß geraten scheinen für das Wenige, was es hier noch zu tun gibt. Auf einigen der Kais rosten aufgetürmte Blechteile. Auf den anderen stehen breite Landungsbrücken, mit Aufzügen an den Seiten. Die Fähren nach Finnland und Schweden fahren dort ab, sie sind größer und beeindruckender als das Ding, auf dem wir gerade sitzen.

Sie sehen aus wie Kreuzfahrtschiffe, mit denen man durch die Karibik reist. Unsere heißt Dronning Margrethe II, mit Dronning Margrethe verreist man nicht. Man setzt über, von Deutschland nach Lolland in Dänemark.

David setzt sich zu mir auf die Bank.

»Hast du etwas dagegen, wenn ich in deinem Auto penne?«

»Nur zu. Habe ich auch schon gemacht.«

»Danke.«

»Ist scheiße unbequem.«

Ein paar Meter von uns sitzt eine Möwe auf der Reling. Sie schaut aufs Meer und kackt dabei die Planken voll. Ich greife in die Tasche und hole den Schlüsselbund heraus.

»Der große Schwarze ist für die Tür, der andere ist der Anlasser, den wirst du wohl nicht brauchen. Du hast zwei Stunden.«

»Bis gleich«, sagt David.

Ich gehe die schmale Metalltreppe hinunter und setze mich auf einen Hocker an einem der Panoramafenster. Im Wasser sind die Schatten unseres Schiffes zu erkennen. Ruhige See, würde ich sagen. Ich habe keine Ahnung davon. In der Ferne sind andere Fähren, wahrscheinlich so groß wie Häuserblocks, von hier sehen sie aber aus wie etwas, was der Fensterputzer vergessen hat. Irgendwie beruhigt mich ihre Anwesenheit. Sie würden uns sehen, sollten wir untergehen. Das Erste, was ich mich frage, wenn ich ein Schiff betrete, ist, wann ich das letzte Mal geschwommen bin und wie lange ich durchgehalten habe.

Eine Gruppe Lastwagenfahrer kommt an mir vorbei. Sie riechen nach Fritten und hauen sich beim Gehen gegenseitig auf die Schulter. Vermutlich fahren sie gern Fähre. Sie können etwas essen, und sobald das Schiff internationale Gewässer erreicht hat, öffnet der kleine Laden, wo es zollfreie Zigaretten und schlechten Rum in Drei-Liter-Flaschen zu kaufen gibt.

Ich lehne mich mit dem Rücken an die Scheibe und denke an das Gespräch zwischen mir und David in der Kantine, an den Abend mit Maria in der Oper, an Gabrielas Mann, an Jule, an ihren idiotischen Freund. Die Gesichter legen sich übereinander, verschwimmen in meinem Kopf, entgleiten. Das Schiff scheint zu wippen.

Ein paar Minuten später bin ich eingeschlafen.

»Franz.«

David zieht an meiner Jacke.

»Hey, komm, die wollen hier Feierabend machen.«

Ich mache die Augen auf und sehe, dass wir angelegt haben.

»Bin eingeschlafen.«

»Das Auto steht draußen auf dem Parkplatz. Ich musste es wegfahren, weil der Sattelschlepper hinter uns rauswollte. Der einarmige Einweiser hat mich mit seinem Megaphon zusammengebrüllt.«

Er hält mir den Wagenschlüssel hin.

Wir gehen zum Zwischendeck, von wo wir aussteigen können. Auf dem Boden der Fähre sind blaue Fußabdrücke, die den Weg nach draußen markieren. Wir folgen den Abdrücken, sie führen uns bis zum Parkplatz vor der Hafeneinfahrt.

»Dänemark«, sagt David.

Ich bin noch nicht wach.

»Hatte schon gehört, dass es scheiße ist.«

Nach und nach starten die letzten Lastwagenfahrer den Motor und biegen links an uns vorbei auf die Schnellstraße. David und ich gehen zum Auto und fahren als Einzige nach rechts. Zweihundert Meter weiter beginnt Gedser, der Ort, an dem Maria jetzt lebt. Sechshundert Meter weiter ist Gedser zu Ende.

»Nicht sehr groß«, sagt David, »wenigstens finden wir sie hier schnell.«

»Wie hieß die Straße?«, frage ich.

»Langgade.«

Normalerweise besucht man ein Land, fährt eine Weile umher, sucht abgelegene Orte und hat mit viel Glück irgendwann das Gefühl, am Ende der Welt zu sein. Lolland beginnt mit dem Ende der Welt.

Ich fahre die Straße entlang und versuche mir vorzustellen, was Maria hier macht. Es gibt ein Hotel, das die gleichen Fenster wie der Palast der Republik hat und die gleiche Baufälligkeit, ein paar Meter weiter eine Imbissbude, die abends um sechs bereits geschlossen ist, daneben die Touristeninformation. Auf dem Schild steht, dass sie den ganzen August über geöffnet sein wird. Das ist in ein paar Tagen.

»Entweder haben die nur einen Architekten im Ort oder eine sehr strenge Bauordnung«, sage ich zu David, der die Hausnummer 18 sucht.

Die Häuschen sehen alle gleich aus. Rötliche Klinkerfassade, eine schmale Eingangstür, weiß gestrichene Giebel und ein unsinniger sattgrüner Vorgarten, der hinter dem Haus weiterzugehen scheint. In den Fenstern hängen kleine Wimpel in den dänischen Nationalfarben oder liegen Flaschen mit Schiffsmodellen. Es sind vielleicht fünfzig Häuser, fünfundzwanzig auf jeder Straßenseite, davor parken Mittelklassewagen.

»Halt an«, sagt David.

»Das rot Geklinkerte?«, frage ich.

»Witzig.«

Ich fahre an die Seite und schaue in den Rückspiegel. Ich sehe aus wie der Tod. Auch egal, denke ich, ist schon lange alles egal.

Ich stoße das Gartentor auf und klingele an der Tür. Ein Fernseher wird ausgemacht. Eine Klinik sieht anders aus, denke ich. Eine Arztpraxis auch.

28

Am Abend fuhren wir zurück. Die See war dunkel und glatt, in der Ferne sah man die gelben Lichter des Hafens, die weißen Lichter der Stadt. Die Luft roch nach Benzin, nach Schiff. An Deck flüsterten die Menschen.

Wir lehnten nebeneinander an der Brüstung, unter uns das treibende, schnaufende Geräusch der Motoren. Wir tranken Bier, rauchten, Olaf erzählte, ich wagte irgendwann nicht mehr, ihn anzuschauen, vielleicht, weil er mir Leid tat, vielleicht, weil ich mir selbst Leid tat, weil ich später nicht immer sein Gesicht sehen wollte, wenn ich mich an Marias Geschichte erinnern würde. Ich hörte nur noch auf seine heisere Stimme. Er war älter als wir. Fünf, vielleicht auch zehn Jahre. Er hatte einen schmalen Mund, die Augen, groß und dunkel, der Kopf fast kahlgeschoren. Olaf war nicht schön, aber erkennbar erwachsen. Seine Worte sickerten in mich ein, und ich schämte mich für meine Ruhe, für mein gleichmäßiges Atmen, meinen starren Blick, meine Hände, vergraben in den Hosentaschen. Ich trank Bier. Ich rauchte. Meine Zunge brannte vom Tabak. Franz schaute in die Nacht. Einmal sagte er »Scheiße«, nicht sehr laut. Seine Wut war verflogen, die Wut, mit der er vor ein paar Tagen in mein Büro gestürmt war. Wir standen da wie hölzerne Puppen. Manchmal zog ich das Jackett enger um meinen Körper. Aber ich fror nicht. Die Nacht war mild, die Lichter des Hafens wurden langsam größer.

Olaf ging als Erster. »Ich muss runter«, sagte er, nachdem er geendet hatte, und zeigte mit dem Finger auf die Planken, unter denen die Küche lag. Ich hatte das Gefühl, er wollte nicht länger bleiben. Es war seine Geschichte, viel mehr, als dass es unsere war. Er hatte sie uns erzählt. Es war ihm nicht leicht gefallen. Einen Augenblick lang sah es so aus, als wolle er noch etwas sagen. Dann schnipste er seine Zigarette über die Reling und verschwand.

»Das war's«, sagte ich nach einer Weile.

Sonst fiel mir nichts ein. Nichts, was ich sagen wollte.

Franz nickte. Lachte kurz und freudlos. Dann drehte er sich zur Seite, dorthin, wo Dänemark lag, hielt sein Bier hoch, blies Rauch gegen den warmen Wind, er bewegte sich nicht, es sah jetzt so aus, als würde er jemandem zuprosten, jemanden grüßen, und dann sah ich das Glitzern auf seinen Wangen. Er flüsterte etwas, aber ich verstand nichts. Wo bist du, dachte ich. Wo bist du, Maria.

Meine Brille beschlug, mein Gesicht war plötzlich heiß, ich wischte mit dem rechten Ärmel des Jacketts unter meinen Augen lang, beugte mich über die Reling, so wie damals über den Balkon. Unter mir zeriss der Rumpf des Schiffes das schwarze, glatte Wasser.

»Keine Angst, ich falle nicht«, hatte sie gesagt in jener Nacht auf dem Balkon.

Du hast gelogen, Maria, dachte ich.

Der Hafen kam schnell näher. Die Menschen wurden unruhig. Sie suchten ihre Kinder, ihre Frauen, ihre Männer. Sie wollten nach Hause. Sie verschwanden von Deck, sie stiegen über metallene Treppen in den Bauch des Schiffes, runter zu ihren Autos.

»Fährst du?«, fragte Franz.

Er sah aus wie ein Schatten.

»Wohin?«, fragte ich.

»Berlin. Ich bin müde.«

Ich überlegte. Ich wollte nicht zurück. Alles war besser als Berlin. Wir waren losgefahren, um Maria zu suchen. Aber irgendwann, so dachte ich jetzt, war es vielleicht auch eine Flucht geworden.

»Ich brauche dein Auto. Nur eine Weile.«

Er schaute mich nicht an.

»Wo willst du hin?«

»Ich weiß noch nicht. Erst mal losfahren.«

Es war egal. Das Ziel war mir zum ersten Mal egal.

»Und Berlin?«

Wahrscheinlich werden sie mich rausschmeißen, dachte ich. Es war nicht wichtig.

»Ich komme zurück. Später.«

»Klingt nach Abhauen.«

»Ja, vielleicht.«

Er hielt mir die Schlüssel hin.

»Und du?«

»Keine Ahnung. Bus, Bahn, irgendwas wird schon fahren. Stell mir den Opel einfach vor das ›Cindy‹.«

Ich nickte.

»Ich bin da«, sagte er, »ich bin immer da.«

Wir schwiegen eine Weile. Im Hafen lagen Fährschiffe, groß wie Häuser. Von manchen wehte Musik herüber.

»Hat er gelogen?«, fragte ich.

»Olaf? Wer denkt sich so etwas aus? Und wenn doch, würde das etwas ändern?«

»Ich würde einfach nur gerne wissen, ob es wahr ist.«

Franz schaute mich an. Das Glitzern war verschwunden.

»Warum?«, fragte er.

Das Schiff schob sich an rostigen Fabrikhallen vorbei, an unfertigen Schiffsteilen, dünnen Kränen mit ausgebreiteten, dunklen Armen. An der Anlegestelle warteten ein paar Menschen. Unsere Zigaretten verglühten langsam. Ich spielte mit dem Autoschlüssel in meiner Hand. Einen richtigen Abschied gab es nicht. Wir nickten uns kurz zu. Ich sah, wie Franz in der Dunkelheit zwischen den Menschen verschwand.

Dann stieg ich hinab.

29

Er hatte Maria vor sieben Jahren im Zug getroffen. In einem ICE von Hannover nach Berlin. Er hatte sich in Hannover um einen Job in einem Hotel bemüht und hatte ihn nicht bekommen. Er war kein schlechter Koch, aber niemand schien das zu wissen.

Sie saßen sich gegenüber, Olaf fand sie nicht hübsch, nicht am Anfang. Sie schaute ernst und auffordernd, sie sprach ihn an, wollte wissen, woher und wohin, er war erstaunt über ihre Direktheit. Er fand sie ein bisschen schamlos. Am Zoo stiegen sie aus.

»Was machen wir jetzt?«, fragte Maria.

Sie fuhren in seine Wohnung im Wedding und schliefen noch am gleichen Abend miteinander. Es war ein schmutziger, nasser Februar, er wusste nicht, was das alles zu bedeuten hatte. Maria blieb. Es sollte ihre beste Zeit werden, dieser Februar, der Frühling, der Sommer.

Maria wohnte bei ihm, vielleicht war sie nur froh wegzukommen aus Philadelphia, dachte er manchmal und fragte sich, ob er ungerecht war. Er arbeitete in einem Café am Spreeufer, Maria machte nichts. Sie war da, wenn er kam, zumindest in der ersten Zeit. Sie suche noch, sagte sie und sah ihn an mit grünen Augen. Er ließ ihr Zeit, er wollte sie nicht bedrängen. Er war so froh, dass es sie gab.

Der Herbst kam, und Maria versank. Es folgten Tage, Wochen, in denen sie kaum mit ihm sprach, sie war niedergeschlagen, umhüllt von einer dumpfen Müdigkeit, sie weinte, grundlos, wie es ihm schien, und ohne Erleichterung. Zum Essen musste er sie fast zwingen. Sie erinnerte ihn an einen blassen Geist.

»Es geht wieder los«, sagte Maria.

»Was?«, fragte er.

Sie begann eine neue Therapie, die Tabletten, die der Arzt verschrieb, lagen auf der schmalen Ablage vor dem Spiegel im Bad. Sie sahen harmlos aus. Olaf achtete darauf, dass Maria sie nahm.

»Ich lebe nur durch Tabletten«, sagte Maria.

Er fand, es war besser als nichts.

Als es aufwärts ging, als sie so war, dass er glaubte, sie hätten es überstanden, entzog sie sich ihm. Maria blieb oft in den Nächten fort, sie lief durch die Stadt, allein oder mit Leuten, von denen sie sagte, dass er sie sowieso nicht kennen würde. Morgens legte sie sich neben ihn ins Bett. Er wusste nicht, wie er sich verhalten sollte. Er liebte sie, er sah, dass sie glücklich zu sein schien, glücklicher als in den Wochen zuvor. Aber er wünschte sich manchmal die Zeit zurück, als sie schwach war und er stark.

Als Maria auch am Morgen fortblieb, ahnte er, dass sie ihn betrog. Olaf sagte, sie solle verschwinden. Sie kannten sich jetzt ein Jahr.

»Ich will bleiben«, sagte Maria. »Die anderen, sie sind nicht wie du. Dich liebe ich.«

»Du musst dich entscheiden«, sagte er.

»Das kann ich nicht«, sagte Maria.

Sie hatte andere Männer, sie traf sich mit ihnen, schlief mit ihnen. Sie verliebten sich in Maria, und wenn sie das spürte, fühlte sie sich so lebendig, so stark. Sie wollte nur dieses Gefühl. Es war besser als die Pillen. Sie hoffte, es könnte anhalten und sie unabhängig machen, immun gegen die Krankheit, die irgendwann wiederkommen würde. Diese Dunkelheit.

»Wie soll das gehen?«, fragte Olaf. »Ein Panzer aus Liebe? Eine Mauer aus Wohlgefühl, die niemals fällt? Du bist verrückt. Du bist so krank, dass es mich anekelt.«

Maria stand vor ihm, roch nach Rauch, nach Wein, nach

einer fremden Wohnung, und er wollte sie schütteln, schlagen, so heftig, dass ihr Kopf gegen die Wand schlug. Er tat es nie. Er spürte ihre Scham, wenn Maria neben ihm lag, sich an ihn schmiegte, an den Tagen, an denen sie alles übertrieb, wenn sie ihn mit Zuneigung überfiel, wenn sie ihm das Gefühl vermitteln wollte, sie sei ganz bei ihm, wenn sie heilen wollte, was sie ihm zuvor zugefügt hatte. Manchmal wusste er nicht, was er empfand.

Ob er sie liebte oder hasste.

Sie heirateten im Mai. »Willst du mein Mann werden?«, hatte Maria gefragt, und er hatte gelacht, über ihre Frage, über ihre Ernsthaftigkeit, über das feierliche rote Kleid, das sie an diesem Abend trug.

»Warum sollte ich?«, fragte er.

»Weil ich ohne dich nicht mehr leben würde.«

»Vielleicht wäre das besser«, sagte er und ließ sie stehen.

Am nächsten Abend fragte sie wieder, sie fragte eine ganze Woche lang, immer im roten Kleid. Manchmal saß sie in der Küche, sie sagte, sie möchte ihn in seinen Überlegungen nicht stören. Er fand sie eigensinnig und zäh, er fühlte sich auf eine seltsame Art gerührt. Er wollte sie noch immer gern rausschmeißen, aber am Ende der Woche sagte er Ja. Die Ringe hatte Maria längst gekauft. Es regnete an diesem Tag im Mai, es war windig und kalt, und Maria sagte, das sei ein gutes Zeichen für die Ehe, und er verstand sie nicht.

Sie begann, sich ein Leben auszudenken, eine zweckmäßige Biographie. Den Männern sagte Maria, sie arbeite als Krankenschwester, weil es das war, was sie kannte. Sie sprach über Australien, wo sie nie war, aber Olaf war dort gewesen und hatte ihr davon erzählt. Sie verschwieg ihn und ihre Hochzeit, sie erfand eine Studentin, mit der sie im Wedding zusammenwohnte. Sie ging in die Oper, denn sie mochte die Frauen, die auf der Bühne starben und dabei so schön und gesund aussahen. Sie kam nicht nach Hause, vernachlässigte die Therapie, die Tabletten lagen auf der schmalen Ablage vor dem Spiegel im Bad. Der Arzt sah besorgt aus, sprach von suizidalen Tendenzen und von Scheinwelten. Olaf sagte: »Ich weiß.«

Den Job als Koch auf der Fähre nahm er trotzdem an. Er wollte Maria nicht aufgeben, sie waren ein Paar, Mann und Frau, und so würde es bleiben. Er wollte nur ein wenig Entfernung. Olaf nahm sich eine Wohnung in Gedser und besorgte Maria die Wohnung an den Bahngleisen. Sie wohnte manchmal bei ihm in Dänemark, er besuchte sie an freien Wochenenden in Berlin. Sie erzählte ihm von den Männern, er sah die geschliffenen Dielen, er sagte nichts, es waren nur Namen, die wechselten. Ihre Beziehung, die sie führten, ihre Liebe, so empfand er es, war längst unantastbar geworden. Sie war etwas ganz anderes. Sie hatte nichts mehr mit all dem zu tun.

Im Juni fuhr Olaf mit Maria nach Großbrücken, ihr Zustand hatte sich verschlechtert. In den Jahren zuvor war sie bereits öfter dort gewesen, es gab keinen Grund, sehr besorgt zu sein. Die Tage verliefen normal. Sie telefonierten, er hörte ihre Stimme auf dem Schiff, das zwischen Gedser und Rostock über die See fuhr. Dann verschwand sie.

Er suchte, er ging zur Polizei, er tat das Mögliche. Er wartete, aber er erwartete nichts. Noch nie war sie so lange fortgeblieben. Maria war jetzt eine vermisste Person, und er wusste, dass das so bleiben würde.

Monate später, als er ihre Wohnung an den Gleisen auflösen wollte, fand er einen Zettel. Es stand nicht viel drauf. Er steckte ihn ein und fühlte sich leicht. Vor dem Balkon fuhren die Bahnen.

»Gehöre nur dir. Du bist der Einzige. War bei so vielen anderen. Sollte jemand fragen, sag ihm: ›Maria liebt dich nicht‹.«

Dank

Alles wäre ganz anders ohne: Spanien, Berlin und Görsdorf, den besten Orten, um ein Buch zu schreiben. Frank »Psycho« Hoffmann, der einen schönen Garten am Ende der Welt hat, und versuchte, den Kopf und die Seele zu erklären. Doc Radig, der auch im Urlaub noch wissen wollte, wie es so läuft. Birgit, die Mutige.

Dank schulde ich (JMG) der Berliner Zeitung für mehr Zeit, als vereinbart. Jochen Arntz und Maxim Leo für mehr Arbeit, als vereinbart. Thommy, der mich vor Jahren an einem Tag im Oktober nach München fuhr.
Damit hat eigentlich alles begonnen.

Ich (JM) danke Paco und Jaime Moreno, ihre Herzen werden irgendwann in einem medizinhistorischen Museum stehen, so groß sind sie. Melanie und Anja, sie hatten die Idee, ein Café »Cindy liebt mich nicht« zu nennen. Karsten Jähnichen, sein Talent fürs Leben ist bewundernswert.
Und Soni Eguiguren für eine Novemberwoche im Jahr 1994.
Damit hat eigentlich alles begonnen.